讓愛靠過來

田邊聖子——著
王淑儀——譯

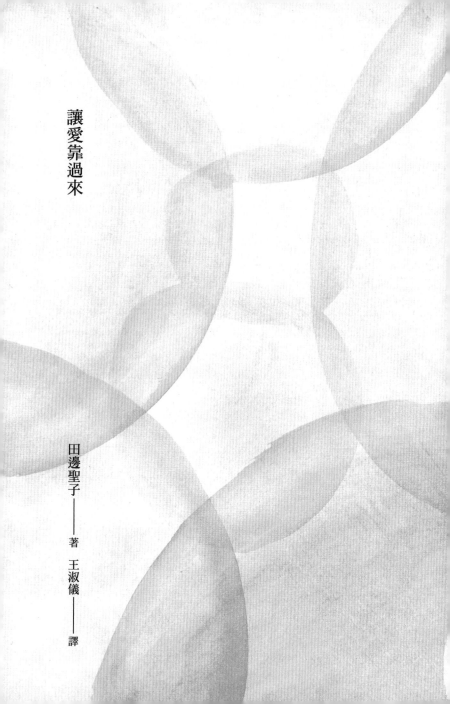

目次 contents

導讀

神仙的香氣——大阪文學奇花田邊聖子

陳蕙慧

《讓愛靠過來》是田邊聖子家喻戶曉、風靡數個世代少女與熟女的代表作之一——「乃里子三部曲」的首部作品。這個系列，不但在發表之初，因主角職業與性格的設定、敘事節奏的清爽麻利不做作、率先以女性觀點關注女性自身「情欲」與「靈肉關係」而令人驚豔、引起話題，成為大暢銷書，也可說是開啟了「戀愛小說」這個類型創作與閱讀的先河以及奠基之作。

被文壇暱稱為「阿聖」的田邊聖子，一九二八年生於大阪。巧的是，同一時代誕生的另外兩位大家：河野多惠子（一九二六）、山崎豐子（一九二四），也都是大阪商家的女兒（註一），深受關西庶民文化與先進的上方（天皇所在之處，尤指近畿）文化的孕育培養，著作質量等身，都擁有全國性的影響力，被公認是最能代表她們本身所處時代的三大名家。（註二）

三人當中，又以田邊聖子的文學成就最為廣泛多元，所觸及的讀者群之輻射波長最是宏遠。這話怎麼說呢？

山崎記者出身，以書寫挖掘各種社會弊病和重大議題著稱，河野則被公認為繼承了谷崎潤一郎的衣缽，專長於描寫異常性愛主題的文學作品與評論。而「田邊文學」則迥然不同，自成一格，文風輕快、明朗、幽默，巧妙地運用大阪方言中的譬喻與智慧，時而自我解嘲時而搞笑，平易近人，讀來引人會心，而各個栩栩如生的登場人物，更是如同街坊般親近，同時卻又有一種摩登的現代感，開放、自在、灑脫，因而能永遠保持著一抹始終不滅不滅的新鮮感，不管哪個時代讀來，都覺得有趣得不得了。「田邊文學」擁有如此鮮明的特色，這只能說是創作的天才、文體的天才了。

這樣的天才是怎麼誕生的呢？阿聖自承，從少女時代起就同時接觸西洋文化與日本古典文學，自家的照相館總是不時引進關於攝影、關於藝術的最新觀念、技術與工具，而閱讀方面則特別熱愛法國幾位女作家的小說，例如喬治桑、莒哈絲、莎岡，最著迷於柯蕾特，古典文學方面則無論《古事記》、《萬葉集》或《源氏物語》，都是一讀再讀、治癒她敗戰後受創心靈的精神食糧。

雖然台灣讀者還不認識這位在很早以前僅有極少作品引進台灣的偉大作家，但是或許對知名演員妻夫木聰二〇〇五年主演的《Josée、老虎、魚》有點印象？這部全片

飄散著莎岡作品風格的電影，原著就是田邊聖子的短篇小說〈Josée、老虎、魚〉（ジョゼと虎と魚たち）。

而受到同是芥川賞得主（註三）宮本輝高度推崇的《新源氏物語》，正是展現田邊聖子在古典文學上的造詣與緊扣現代女性戀愛心理，引發強烈共鳴的傳世大作。自明治以來，以現代語新譯《源氏物語》的知名大作家有好幾位，例如與謝野晶子、谷崎潤一郎、圓地文子、瀨戶內寂聽等等，然而一致公認不僅是以白話翻譯，而是以嶄新的語言重新「創作」出《新源氏物語》的，唯有田邊聖子！

讀到這裡，我們知道，田邊聖子的文學版圖，既有散發濃郁大阪氣息卻又洋溢現代女性主義特質的「戀愛小說」、各種新譯及重新詮釋的古典文學作品，除了在這兩個領域成績斐然之外，還有六本獲得重要文學獎項的評傳小說，書寫的對象包括詩人、作家與謝野晶子、江戶時代表性俳諧詩人一茶、活躍於昭和初期、中期的小說家吉屋信子等；以及最最深入人心、膾炙人口的數千篇珠玉般的隨筆了（註四）。

這為數龐大的隨筆中最廣為人知的便是「咔魔咔大叔」（註五）系列。此一系列設定由田邊聖子夫婿——醫學博士也是開業醫生川野純夫以及作者自身，以形同對口相聲的方式，針對當時的社會百態，例如女性問題、國際和平、經濟危機、教育問題、緋聞醜聞等等，抒發感想、諷刺批評，由於形式親切、觀點新穎、所想所感皆暢所欲言而大受歡迎，欲罷不能，從一九七一年開始在《週刊文春》連載，直到一九八六年為止，前後十五年，並一共出版了十五版單行本！

在現代作家熊井明子的心目中，無論是女性題材的戀愛小說、以古典為基底的文學創作、藝術家評傳，或上述如此貼近生活的隨筆，被譽為「田邊文學」的阿聖的作品，總是在書寫著凡塵現實的各種景況、情事、話題之間，仍隱隱約約透著一襲神仙的香氣。

「阿聖擁有一顆永遠的赤子之心。」

是了。位於兵庫伊丹的阿聖宅邸的會客室裡，擺放著眾多的古董人偶、香水瓶，喜歡乾燥花、忠實的寶塚迷……

「樂天少女要借過！」

這是阿聖一本隨筆集的書名，副標正是「我的履歷」。

我們可以無盡地想像，神仙的香氣，是少女的香氣。

（本文作者為資深出版人，青空文化出版顧問）

註一：田邊家經營照相館、山崎家是昆布老鋪，而河野家則是香菇店。

註二：特別一提的是，田邊與河野分別於二〇〇八年、二〇一四年，獲頒由天皇親自授與的文化貢獻最高榮譽「文化勳章」。

註三：田邊聖子於一九六四年以《感傷旅行》獲得第五十回芥川賞。

註四：田邊聖子自一九五八年以單行本《花狩》出道至今，共出版單行本兩百五十冊以上。二〇〇四至二〇〇六年間，由集英社企畫整編「田邊聖子全集」，共二十四卷，別卷一卷，收錄約全作品的四分之一。

註五：「咔魔咔」為「カモカ」之音譯。「カモカ」為日本傳說中專噬咬日本嬰兒的妖怪，因咬起來咔茲咔茲聲大作而得到此名號。

誰教我愛上了呢？

1

我的朋友美美叫我陪她去向「那男的」討錢，我也就跟著去了。

美美說：「我耳根子軟，被他花言巧語哄騙一下，可能又會覺得『那好吧，算了吧』」。

說穿了，美美就是被「那男的」給甩了。

當初對方說會跟她結婚，兩人才「好上了」，但最近別說連結婚的「結」字都不再提起，就連打電話給他，「一直轉語音，我跑去公司外面逮他也被逃掉，衝到他家去，也是一轉身就溜走。」

「這樣的話，也沒辦法了，你就當作煙火放完，也只有曲終人散了吧。」聽我這麼安慰，美美倒也坦率地承認說：「嗯，煙火晚會已經結束了」。

但一轉念又要逞強：「可是人家是真心想要跟他結婚啊，而且我在那傢伙身上花了不少錢吔，三不五時到我住的地方過夜，可恨的是就這樣讓他逃了，真是賠了夫人又折兵，妳不覺得這傢伙太不要臉了嗎？」

美美看上去有些白白胖胖的，那雙腿卻是十分勻稱美麗。個性有點溫吞沒有主見，讓我無法放著她不管。她雖然很努力地要裝作沒事，實際上被那傢伙甩了還是帶給她很大的打擊，近半個月都陷於低潮，不時跑到我的事務所來，明明一臉浮腫，每次看到都是紅著眼，應該是哭過之後的模樣，卻要以「我牙痛啦」之類的理由來掩飾。

美美是在大阪本町一家保險公司上班的粉領族，好幾年前我也在那裡，我們是同事，兩人反而是在我離職之後才變得熟稔，她常會來找我玩或是商量事情、一起去喝酒聊天。

我現在做很多有的沒有的賺錢維生，像設計兒童服飾，還有主要是年輕女孩的衣服、內衣褲，或是設計一些小東西，也接些插畫的案子，手工縫製動物或人偶的娃娃（其中有幾件作品被嬰幼兒用品廠商買下，量產中）。

為何我會辭掉保險公司的工作呢？那裡給的薪水還不錯，只是要被調去隸屬於大阪府下一個小鎮的分公司，那裡的職員大多是女性，這樣的職場讓我覺得很厭煩，一點也不有趣。

不過，即使在總公司，男性職員特別是未婚單身的年輕男人也很少，所以大家只好往社外發展。

但是在找到合適的人之前，薪水已經調升到一個不錯的水準，因此繼續留下來工作，最後成為剩女的大有人在。

美美已經二十七歲，雖然比我小，但她總是想著要結婚，心態跟那些二十一、二歲的年輕女孩沒什麼兩樣，也因此會被男人騙也不是什麼太令人意外的事。

至今我聽了不少她興高采烈地說著兩人的事。

「他是技術人員，身上都是油臭味，嘻嘻嘻」、「嗯，該怎麼說呢，技術員就是單純明快，講話直接不會兜圈子，我就喜歡他乾脆這一點，嘻嘻嘻」之類的，這次我想她是跌了一大跤了吧。

「乃里子，你很羨慕我吧。」她這麼對我說，我也只嗯了一聲回她。就像讓座給老人小孩一樣，我不會氣得跳起來跟美美認真計較，就因為她的小孩子氣與溫吞沒有主見的個性，造就我們這種不怎麼堅定的友情，所以當她哭腫著臉罵「那男的」的時候，我也無法不管她不理她。

究竟要怎麼教訓對方呢？

我提議：「跟他說妳懷孕了，要他出墮胎的錢，怎麼樣？」

「嗯，這樣說他應該會拿錢出來。」

「那傢伙會不會很小氣？」

「嗯，感覺有一點。」

「那還是恐嚇他一下好了。」

「比如說，不出錢的話，我就把孩子生下來？」

「索性告訴他是雙胞胎？」

「再嚇他說要在孩子身上寫著父親的名字甲斐隆之，然後丟到警察局前面。」

「他叫甲斐隆之喔？一個技術員竟然取這麼帥氣的名字，真有點浪費了。」

「他也只有名字帥而已。」

我們還想了很多方法。若是美美對那個姓甲斐的還有感情，我們得想想還有沒有其他招數，但她的個性就是來得快去得也快，說這個男人丟掉就算了，大概是她不執著，我也覺得如果她想要撿回來的話就另當別論，但既然不需費心想辦法要如何繼續下去，那多少拿到一點分手費然後大家好聚好散也是好。我跟美美就下了這個結論，最後就只剩下對方是否願意支付分手費這個問題而已，畢竟這只是我們片面的說詞，說不定對方也有他的苦衷。

「你們最後一次要好是什麼時候？」我玩著鉛筆邊問。

「三個多星期前。」

「這樣應該行得通啦，要是一、兩年前，這招就不管用了。」

「妳覺得可以跟他要多少錢呢?」

「看他的態度如何吧?」

我們為即將到來的勝利提前乾了杯啤酒。

那個姓甲斐的傢伙不肯接美美的電話,於是決定由我出面打給他。只是這兩、三天正忙就忘了這回事。這陣子正好是我得一次交出五、六款冬季童裝設計圖的時節,被百貨公司追著要稿。最後終於接到美美的電話:「因為小隆隆不肯接我電話,我只好打給他朋友阿剛,總算答應要幫我把人捉出來。」

「小隆隆是哪位?」

「甲斐隆之啊。」

「都已經被甩了還叫得那麼親密,妳這女人未免也太天真了吧。」

「哎喲人家叫習慣了嘛。總之他那個叫阿剛的朋友答應會帶他來啦,這個星期天,你也一起來喲。」

「在哪?」

「梅田的阪急飯店大廳。」

在那種地方有可能談什麼墮胎費、要生雙胞胎、把孩子丟在警察局之類的事情嗎？！但沒辦法，那天我也只能去了。

本來想照平常穿，牛仔褲配T恤，若是在冬天，就配毛衣外面就再加上一件長外套，不化妝，齊劉海妹妹頭就好（這樣看起來不像是已經三十歲），但想到今天可不能被人家小看，於是挑了件優雅的銀灰色縮紋長洋裝，配金色手環、金色亮片鞋再加上成套的手拿包，還上了假睫毛、髮片精心打扮一番才出門。

我提早抵達約定的地點，美美也早到了，只見她踢踏著飯店地毯向我跑來，一身全白短袖純棉夏裝的打扮。

「那傢伙來了嗎？」

「好像還沒。」

美美盯著我上下打量「嗯，看起來很厲害的樣子，如果我說不下去了，妳就趕緊出來幫腔。」

「還是都不說話感覺比較有威嚴？像個不知哪來的狠女人那樣。」此時我發現前方有兩名男子朝我們走來，其中一個長得很高，給人感覺強而有力、走路很快、身材健壯；另一人則是笑嘻嘻，有點過胖、圓滾滾的很有福氣的樣子。

那個肥胖的男子開口向美美打招呼：「嗨！」美美也向兩人打完招呼後，接著介紹我：「這是我朋友玉木乃里子，是名設計師。」然後眨個眼，望向那個圓臉圓身的男子，向我介紹「這是隆隆。」

我完全搞錯了，以為這笑嘻嘻的男子是陪著來或是幫忙協調的第三者，還想說他幹嘛一直笑啊。

「隆隆你坐那邊唄？」美美雖然是用大阪腔說著意味「請那邊坐」的句子，卻以嬌媚的手勢拍拍她隔壁的座位，當下讓我感覺「沒救了」，她真有想要跟人家討錢的意思嗎？

我微笑著說：「真是巨頭會議呢。」那名身材結實、眼神銳利的男子在我對面坐了下來，明明是個大熱天，他竟然穿得住格子襯衫，還打了藍色領帶、穿著白色的西裝外套。他用那瘦骨嶙峋的長手指翻弄著看來頗高貴的金色打火機，一臉冷漠。算得上是個美男子。

隆隆一直坐立難安，一下搓搓後腦杓，一下捏捏自己的臉頰。美美忍不住對這沉不住氣的傢伙開口：「不好意思硬把你拖出來，可是誰叫小隆隆你一直躲我。」

「哪有，我沒有在躲妳呀。」

「才怪，你已經不喜歡我了吧，我知道。」

「不是這樣……」

「算了啦，只是我很困擾，發生了件麻煩事……」

「總之，美美已經不是一個人了，她現在變成一點五個人了。」我刻意加重語氣說道。

「美美說要生下來，我勸她不要，但她還是不聽，說那是一輩子愛的回憶，要好好把孩子生下來，自己一個人扶養。」

美美吃著冰淇淋，一副我說的話跟她無關的樣子。

倒是兩名男生一臉驚恐，同時視線落在正舔著湯匙的美美肚子上。

美美本來就有點肉感，今天又穿細百褶裙，可能是心理作用的關係，感覺是有點發福。

「不會吧，美美常常用這招誆我。」隆隆沙啞地說著。

美美立刻回他：「是真的喔，而且我打算生下來，你覺得該怎麼辦？」

「騙人的吧？」隆隆驚慌地來回巡視著我與美美，我訕訕地笑著。

「還是要拿醫生證明給你看呢？」

「喂，別鬧了啦，美美，妳不會這樣做對吧。」隆隆，也就是甲裴隆之，愈來愈不知所措，美美則是默默低頭看著自己的肚子，愛憐地摸了兩下。

「告訴我，妳是在開玩笑的啦。」

「很遺憾，這是嚴肅的事實，你不要跟我說你不記得自己做過什麼了。」

「我是不記得啊。」

「隆隆你真是無情，不過這孩子會一輩子跟我好的。」

「等、等一下，我沒做過什麼值得讓妳恨我一輩子的事情啊，對不對？」

「那你說，你為何要從我身邊逃走，還一直躲著我？明明人家這麼努力對你好。」美美拿出手帕拭淚。

「而且，每次你來我家時，我就算自己不吃也會煎牛排給你吃，對你這樣盡心盡力。」

「可是，有一次你煎的是鯨魚排吧。」

「那可是鯨魚尾巴的肉吔，可以做生魚片吃，很高級吔。」

「明明很臭。」

「所以我還切了洋蔥下去一起煎就是要去腥味啊。」

「可是腥味根本就還在。」

拜託，現在又不是料理時間。

「總之！」我打斷他們。

「美美說要把孩子生下來。」

「生下來後打算怎麼辦？」在一旁靜觀一切的年輕人也終於開口了。

我跟美美瞠目結舌，沒料到會有這一招，接著他又慢條斯理地說：「現在不是很流行未婚媽媽嗎？滿前衛的啊。」

「要是養不起，可能會把孩子丟在警察局前面喔。」

「被警察撿去，一查就知道是誰丟的吧。」

「爸爸也會被查出來，這樣也沒關係嗎？」

「嗯，那就到時再說啦。」

「不行啦，這樣會很麻煩。」隆隆像是快哭出來了。

「美美妳的心情我能體會，可是我們是不是再多考慮一下比較好呢？我這樣說妳可能會生氣，可是妳沒有想過從一點五個人變回一個人嗎？」

「沒想過，我也不要。」

「那妳想一下嘛。」

「你要出錢嗎？」美美一說完，我忍不住朝她膝蓋下方，也就是最痛的小腿踢下去。她實在太單純了，突然這樣沒頭沒尾地衝出口，未免也太不修飾。

「好，我出我出！」隆隆竟然面露喜色，彷彿人生又有了希望。

「你要拿多少出來？」

「要多少錢？」

我跟美美商量了一下，她開口：「十萬圓。」

「這麼多！」剛才不是很威嗎？沒用的男人，呿！

「應該不用一半就夠了吧？」隆隆望向同行的男子阿剛，男子點點頭。

「但美美認為，你多少也該加上一筆精神補償之類的慰問金吧。」

「就算包括精神慰問金也只要一半就夠了吧？」

「怎麼可能，一半的話連去醫院的錢都不夠！」我忘了剛才的裝腔作勢，急喊了出來。

那名叫阿剛的青年，直盯著我看。

「你這樣處理過？」

「是啊。」我也豁出去了。

「那就沒辦法啦，能每個月分期付款嗎？」隆隆提議，

「還分期付款咧，孩子都要生下來了！」美美跟我狂叫。

「你可以跟公司預支薪水吧！是男人的話就一次付清。」

「知道了啦，我付總可以了吧，付就付……」

終於達成結論了。

「我去跟你拿。」美美說。隆隆又慌了：「妳來我們公司我很麻煩啦，去我家也不行。不然我託給阿剛，去他那裡拿吧。」隆隆一說完，阿剛立即接話：「我拿給玉木小姐，請妳來拿，我公司在……」邊說邊從西裝外套內側口袋拿出名片遞給我，順便說了一句：「妳朋友真是笨蛋呢。」

「就是笨才可愛。」

「那明天晚上來找我拿吧，一個人來喔。」他說。

「為何要約晚上？」

「因為晚上才容易好上啊。」

2

看了名片才知道，阿剛的全名是中谷剛，而隆隆則是甲斐隆之。

阿剛的公司在難波。

我在約好的時間打電話給他：「十萬圓呢？」我廢話不多說，只冷冷地問了這一句。

「我到哪兒拿？」

「老實說，我現在這裡沒有。」

該死的傢伙，又想逃走了嗎？

「甲斐已經確實把錢交給我了，但是不在這裡，在六甲的山上，妳要不要跟我一起去拿呢？」

本來大阪腔應該是很圓滑、親切，語氣較為謙遜，讓聽者有種被順著毛撫摸的溫柔感受，但是這個男人的大阪腔卻是那麼傲慢、令人不快，讓人想反彈、挑釁回去，忍不住要生氣的口吻。我耐著性子回他：「您覺得我有辦法自己上六甲山拿嗎？」

「不，是坐我的車……」

「哦，真是老套呢，不過就那麼點小錢還是坦率點直接給我了吧？還得勞煩您開車去到大老遠的地方，這錢又不是要給我的，你們是不是搞錯對象了啊？」

阿剛在電話那頭大笑出聲。

「妳是因為過去交往過的都是壞男人嗎？說話別像隻刺蝟一樣傷人嘛，錢在我身上啦。」

「那幹嘛不一開始就說？」

「因為我想開車載妳去看夜景啊。」

「那直接說不就好了？」

「那妳是去還是不去呢？我們可以去山上吃涮烤羊肉鍋或都是到我的別墅喝啤酒配罐頭……」

「你說什麼？」我將電話拿得更近。

「我說去山上吃涮烤羊肉鍋或者……」

「嗯，下一句」

「去我的別墅。不，應該說是我老爸的別墅。」

「是嗎，這我倒是不討厭。」說完，我的心情鬆動了許多。

我雖然對這男人的大阪腔感到憤怒，另一方面又不得不承認他那快活、勾引人心的語調也讓我感到愉悅。換句話說，他話中帶著「作為一個聊天的對象，我可是十分夠格」的搭訕手法，非但沒有激怒我，反而成功地引起我的興趣。

「那就去看看吧。」我鬆口。

從我的事務所到他公司並不遠，開車一下就到了。在深沉的夜色中，一部從未見過的流線型跑車（我只會這樣形容）現身。他今天也穿得很正式，也許是公司有強制規定穿著吧。我雖然像上回見面時戴了髮片，但穿的卻是非常休閒的純棉夏裝。

中谷剛為了要幫我開車門，下車朝我走過來，看到我的穿著便勸我：「山上很冷喔，帶件薄外套或是毛衣吧。」於是我趕緊搭了電梯回到我在七樓的房子，拿了件薄外套後再下來。等我的時間，他在人行道上抽了根菸。

「真是部好車呢。」我一坐進車內便跟他閒聊。「這什麼車？」

「妳對車有研究？」

「沒有。」

「那我說了妳也不知道吧。」他笑了，緊接著說「是積架。」

就這樣，我們變得熟稔了起來。本來我對他的第一印象並不是那麼好，不過原先那種不管對方是誰，總把人看得很低的態度現在已經感覺不到了，眼前只是一名爽朗多話的青年。再加上，他表現出因為跟我在一起才這麼有活力，也讓我感到愉悅。

在車裡，我聽他說了些關於甲斐隆之的事情，原來是要去當乘龍快婿了，對方是公司常務董事的女兒。阿剛與隆之是大學時代的朋友，不過不在同一家公司。隆之打的如意算盤裡，能從這段姻緣而獲得多少利益，阿剛說他並不清楚。不過，只要是有點常識，想也知道有上面的人提拔，從此他的人生定是不同的局面了吧。

「哼，所以美美就這樣被甩了啊。」

「嗯，說甩有點難聽，應該是說，一方結束了這場遊戲去參加別的比賽，這樣比較恰當。」

「也能說得這麼好聽哪。不過隆隆若是跟那個大小姐結婚，一個不小心弄不好美美會不會這麼簡單放過，我就不知道了，說不定十萬圓已經解決不了問題。」

「這威脅不了他的，早晚一定會被他看破的啦。」

「誰理他啊！他可是毀了女人的一生吶，我看美美一定會去破壞他們的婚禮，躲在結婚蛋糕底下，然後突然跳出來，將在場的新郎新娘及來賓噠噠噠地全部射殺……」

「等一下！好像在哪裡見過這場景」他歪著頭用力回想，突然大叫一聲：「《熱情如

火》！」（註一）

他因為想起來而高興地大喊，率直可愛的模樣讓我不禁也跟著大笑。他乘勝追擊：

「東尼‧柯蒂斯跟傑克‧李蒙主演的。」

「還有瑪麗蓮‧夢露。」

「殺手從生日蛋糕的桌子下衝出來，將滿屋子的黑幫殺光光。」

美美要是聽了這段話一定會翻著白眼：「你們也太會扯了吧！」

「還是去破壞他們的蜜月旅行？」

「怎麼破壞？」

「就在這對新人搭上新幹線的那一刻，衝到月台上去，拉起大字報貼在他們座位旁的窗口。只要是在發車的前一刻貼好，誰也無法取下。」

「那大字報上要寫什麼呢？」

「那就要看女人的恨意有多深了。新人在坐進座位的那一刻起，就只能在窗外貼的大字報陪伴下去旅行，新娘會有什麼反應是最大的看點。」

「可是如果只是從大阪坐到京都的話，只有十分鐘的車程。」

「或是在京都站貼上去，到下一站的名古屋至少要一個小時，就能好好地折磨他們了。」

「怎麼感覺這招妳用過好幾次？」

「你說呢？誰教他要背叛女人，這麼點報應也不算什麼啦。」

就在我們閒聊之中，車子已順利開上高速公路，開著窗，清香的夜氣襲來，令人好不快活。雖然有風，仍是熱。一路開到了西宮下了高速公路，他說要從蘆屋切入蘆有快速道路。

我對他所知甚少，他也同樣地不了解我（雖然我也不是那麼了解自己），但我們仍開心地聊著，不時以餘光瞄著對方，心裡想著「對方可不可口」，這感覺還不錯。我看著他，想想對方應該也這樣觀察著我吧。當我們偷瞄彼此的眼神撞上時，為了掩飾，雙方都微笑了。這個時候，他微笑的樣子讓我明白，他覺得我是「風味絕佳的女人！」因為車子遇上紅燈停下來時，他那黑白分明的眼睛盯著我看，閃閃發光，明顯感受到他散發出令人心神蕩漾的情欲，卻基於紳士禮儀沒有直接說出口，這一點很得我心。

註一：原名為《Some Like It Hot》是由比利・懷德所執導的美國電影，於一九五九年上映，性感女星瑪麗蓮・夢露便是從此片嶄露頭角。

我有些女性朋友偏好美少年，十八、九歲的小男友一個換過一個，偏偏我就無法喜歡這種年輕小男生。不懂禮貌，沒用過好東西，穿著牛仔褲搭一件T恤趿著塑膠拖鞋也想走進一流的飯店，要是被門房擋下來還會大聲喧鬧，真是粗野到極點，喝點酒就吐得亂七八糟，跟女人睡過就覺得自己很了不起，我真不懂這樣的交往對象到底有什麼好。

中谷剛看上去約二十七、八歲，對年輕女生來說可能已經是大叔了，對我而言卻是順手得很，剛剛好。再說他長得也很不錯，琥珀色的肌膚，如印地安人般粗獷結實的骨架，直挺挺的背膀，微笑起來露出像是任何東西都可以啃碎，強健潔白的牙齒，下巴給人一種堅毅甚至迫人的威猛感，我倒是不怕，覺得喜歡。

不知這個男人是在想什麼，要這麼大老遠地跑到六甲山這邊來，不過要是他有「那個的打算」，我光是想他不知會如何開口，就讓我興奮地發抖。

雖然我一直在嫌年輕小伙子，但年輕人實在很可憐，我不得不說他們連怎麼求愛都不懂，直白白地說：「來做一下吧」就開始了。我有次在大阪的天王寺動物園看到猴子在做那件事，公猴（很奇怪的是，看到牠的樣子，與其說牠是雄性動物，更覺得像人類的男性）走向抱著小猴子的母猴，像在說：「喂，來來你來」似地催促著，母猴不太搭理牠（不要啦，沒看到人家現在正在給小猴子餵奶嗎？）公猴像在表示說：「有什麼關係啦」又繼續挑逗著（這動作跟男人不也很像嗎？）母猴環顧四周，一臉無奈「男人真是的！拿牠一點辦法都沒有，等一下都不行吔」。跟我一起觀看這一幕的美美也笑得不可開支。

「妳在想什麼？」

車子一上到蘆有快速道路便加起速來，阿剛邊開車邊問我。他的開車技術還挺不錯的，感覺讓人放心。

「想著想著自己就笑出來了，一定是想到什麼不正經的事。」

「嗯，想起一段有點色的往事。」

「我最喜歡聽黃色故事了，快跟我說。」

「我覺得年輕小伙子比猴子還要猴急。猴子還知道要看一下狀況。」

「怎麼說呢？」

於是我將動物園裡的見聞說給他聽。那隻被挑逗的母猴思考著該如何回應公猴才好，於是一手抱著小猴子，只稍稍提起一條腿，他聽了大笑，並說：「等下妳也表演一下怎麼用那種姿勢做。」之後他也講起在電視上看到動物交配的場景，這話題未免太不紳士淑女，我根本沒資格取笑年輕人。

我說我不知道電視在播這種節目，他於是問：「你不看深夜節目嗎？」

「不看吔，我晚上都很早就睡了，一早得起床工作或是洗衣服之類的。」

「連老公的都一起洗嗎？」

「嗯。」總覺得強調單身，就不利於男女平等，我不喜歡那種不公平的感覺，雖然我從以前到現在都是一個人。

「我曾經去幫馬配過種喔。」他說。

車子已來到六甲山的路上，不知道是不是因為天氣太熱，明明是週日晚上，一路上好多要下山的車與我們交會。這座山就像是神戶居民的後院，酷夏的夜晚，人們便上六甲山來乘涼。

「你聽過有人會把整隻手插進母馬的那裡去嗎？在北海道帶廣一帶。」

「哎喲，好討厭喔。」話是這麼說，我卻很想聽下去，而且不是因為想聽故事，而是他說話的樣子太好笑了。

「母馬不知道是嚇到還是搞錯了，就愈來愈緊……」

「騙人！」

「不騙你，是真的，而且就算跟馬說搞錯啦搞錯了啦，牠也聽不懂，手被吸住進退不得，就這樣一下拔一下插地弄了一個小時，最後母馬到了高潮……」

「白痴喔！怎麼可能真的弄一個小時啦。」

「妳聽得很認真嘛。」

「討厭！」

我們來到點著燈的山頂大道。整座六甲山有著四通八達的兜風路線，夏天的山上幾乎可以稱為六甲的銀座，非常熱鬧。暸望臺上擠滿了要看「百萬夜景」的人。

他車也不停地就開過去，左手邊，眼下忽明忽暗的一片寶石海頓時開展，一片光海像是在眼前打翻了、灑了一地，毫不吝嗇、源源不絕地閃爍著。今晚天空清明，如寶石般奢華閃耀的燈海除了美，沒有其他字可形容。

車子駛離了環山道路，走進一條漆黑小徑。

「有老公在，晚上還出來沒關係嗎？」他問道。我知道他正要慢慢地探詢我的身分背景。

「他去出差了。」

「喔喔。」

「中谷先生你呢？你太太呢？」

「我現在一個人。」

「所以她也出差去了嗎？」我話才說完，他大笑出聲嚇了我一跳。

「她回老家去待產。」

老實說，我真有點失望。雖然我覺得自己已是思想開放的人，但是單身男子跟有家室的人，畢竟還是不一樣。不否認聽到他說有老婆，心裡多少有些失望。

車子在點上水銀燈的木門前停了下來，他下車去開門。

「在六甲很少有別墅是可以把車子直接停進去的。」一坐進來，他喃喃地說道。

「為什麼呢？」聽我天真地回問，他眼中浮現了些許的輕蔑。

「因為老舊。現在，六甲山多是公司機構的宿舍，很少再蓋私人別墅了，這棟別墅是以前就有的，所以才有車道讓車子可以直接停進去。」

「……」

「是我祖父蓋的。」他顯露出暴發戶討人厭的氣息。這時我才發現，中谷剛說不定比我想像中的還要有錢，但是那又如何。

在碎石路的兩側分別點了一排水銀燈直通屋前。碎石路的兩旁則是盛開的繡球花，一團團深藍色的花叢被露水沾溼，吃力地撐在黑夜之中。

「哇，好美，好夢幻的場景。」我說完，青年默默地把車停了下來，

「從這裡開始得用走的了。」他自顧自地說，朝有點坡度，直通房子的路走去。

「女人哪，都一個樣，帶誰來都只會說同樣的話。」

3

中谷剛是個不好相處的男人。會這麼說是因為我慢慢理解他究竟有錢到什麼地步。

他在六甲的別墅是棟很老舊、又有點奇特的房子。說是洋樓，我想大致就能想像了吧。在神戶或是神戶的山上多得是這樣的西洋館、異人館。

但又可算得上是日式建築。總之它是棟日式洋樓，入口是西式的門，走廊卻是日式緣廊；榻榻米上鋪地毯；日式隔間卻沒有壁龕（註一），傳統的大圓桌搭配高靠背的椅子。

中谷剛將燈一一點上，開了窗。

「本來想要重建的，但是老房子畢竟有老房子的價值，而且這房子的建造方式很奇

註一：日文為「床の間」，在房間的一個角落做出一個內凹的小空間，陳列插花與畫軸，以營造茶道的氛圍。

特，甚至有大學教授來做研究。」

他很仔細地說明，想表達他不是沒錢用水泥或是最新建材蓋一棟超級現代的別墅，反而保留古建築更顯自己品味非凡，這才是有錢人該做的事。

我想，他真是把我當白痴來看。但是我還是乖巧地點頭、微笑，反正我也沒有義務要讓他覺得我比他想像中來得聰明伶俐。搞清楚女人到底聰不聰明是男人的責任。

「感覺好像在演幕末的電影背景喔。」聽我這麼一說，他哈哈大笑。這樣豪爽大笑似乎是他的習慣。我腦海中不禁浮現一名紮著髮髻、隨身帶把刀的武士隔著桌子與哈里斯或是休斯肯相對（註一），然後每個人都坐在那極不舒適的椅子上，所以才會說是幕末。

「不錯不錯，妳還知道不少嘛。」又一副將軍大人稱讚小老百姓，鼻子翹得老高的模樣。

我跟著他在房子裡四處走走看看。

「你每天晚上都回這裡嗎？」

「大概三天來一次吧。」

「那你家人呢？」

「大家都不來這裡，因為在淡路還有另一棟別墅，兩、三年前剛蓋好的，又新又靠海，可以游泳，所以不管夏天還是冬天大家都喜歡去那邊。冬天還滿暖和的，我媽、妹妹們都去那邊，啊，還有我老婆也是。」

「原來如此。」

「妳第一次親眼見到擁有兩棟別墅的人吧。」雖然是不好笑的笑話，但是有錢人本來就未必幽默，我也不需要板起臉孔對他生氣，就裝個笑臉應付一下。

「我認識擁有兩間別墅的朋友，不過像你這樣年輕有為的男人倒是第一次見到。」話才剛說完，他就像逮到機會一樣又放聲大笑。就在這一來一往之間，我又慢慢地心情好了起來，再加上跟他一起進到廚房做菜也滿好玩的。這雖然是個古色古香的廚房，但是冰箱、瓦斯爐都是全新的，用起來很開心。

看得出來他說三天來一次是真的，冰箱裡有烤雞腿肉、肉派、罐頭白飯、沙拉等等塞滿一堆食材。我迅速地做了幾道菜。平時也會自己煮飯，所以做出來的料理味道還不錯外，也不會花太多時間。

註一：湯森・哈里斯，Townsend Harris，一八〇四—一八七八年，美國首任駐日公使；亨利休斯肯，Henry Heusken，一八三二—一八六一年，於江戶後期美國駐日領事館的翻譯官。

廚房流理台原本很髒亂，一片杯盤狼籍，所有餐具都是成雙成對的，看來是他跟他的妻子，或是朋友用完餐後都不喜歡整理。

他看我弄出一堆菜來嚇了一跳，一邊幫我把餐點拿到客廳去，邊說：「怎麼才一下子就做出這麼多道菜來。」

「不過是將冰箱裡剩下來的東西加熱一下而已。」我可是食物裝盤的天才，只要各種食物都一點點，花點心思就能看起來很豪華。

我跟他終於面對面坐下，彼此心照不宣地微笑著。阿剛一邊為一瓶冰鎮過的白酒開瓶，邊說：「妳一定常這樣為妳老公下廚對吧。」

「你也一定都這樣跟老婆坐著吃飯吧。」

之後我們連說話的時間都沒有，肚子實在是太餓了，兩人都埋頭猛吃。我雖然吃了不少，但他也不惶多讓，像頭獅子般大口大口地又吃又喝，啤酒一罐接一罐地開。

來我事務所裡工作的男生很瘦，也不太吃東西，每次都看他在便當裡東挑西撿沒吃兩口就整個丟掉，這情形早已司空見慣。所以看到阿剛簡直要把盤子拿起來舔的吃相實在是太過癮。豪飲一堆酒、臉紅、流汗、大聲笑，像是在吃自助餐一樣豪爽、熱烈的一頓飯。

我呢，我也跟著大吃大喝。從以前到現在我就不曾節食過，不像美美愛吃那些寒天、蒟蒻，一口飯都不吃。盤子裡裝了很多顆飯糰，我兩手各拿一顆往嘴裡塞。「要是不這樣做，我看我根本搶不到食物吃。」一看我用這招，阿剛也學我趕緊搶兩顆，兩人又都笑了。最後剩下一顆。

「誰吃？」

「來猜拳吧！」

「妳就不會客氣地說聲你請嗎？」他說。

「以前有一本書裡寫到關於飢餓的事：遇到飢荒的時候，通常是深愛對方的人會先死，因為會把最後僅存的食物給他所愛的人，然後自己沒得吃，如果是母子的話，母親會先死，若是夫妻，則是妻子先死掉……是一本叫《方丈記》的書寫的。」我說道。

「真是滿紙荒唐，不過竟然妳都說成這樣了，我就無法下手了。」於是最後一顆也落入我的肚子。

「好啦，既然都吃飽了，就來喝點睡前酒吧」阿剛說完便拿出威士忌要兌水喝，我跳出來阻止：「喝太多會回不了家喔。」

「妳要回家？」

「嗯，不好意思我吃完就拍拍屁股走人。」

「可是我不想回家啊……」

「哪有人第一次去人家家裡就留下來過夜的。」

「妳剛說的那本書有沒有寫到這種情形？是不是說吃完飯馬上回家很失禮，還是對健康有害之類的？反正妳老公去出差不是嗎？」

「可是這樣未免太超過了。」

「要不要去房間看一下？妳一定會喜歡的。」他熱烈地說著。

「剛才看過了。有兩張床，一張還沒用過。」我答。

「那房間很涼爽舒適喔……酒醒之後特別剛好，早上會有很多小鳥飛來，日出時分的雲海非常美麗，清晨的山上沒什麼人，我們可以去高爾夫球場，或者是開車到附近的牧場喝現擠的牛奶。」要早上喝到新鮮牛奶，也得要晚上平安渡過才行吶。

「好不容易我們倆有機會獨處。」話才說完他便起身走過來，坐在我旁邊的位子上，拍拍我的腿。

「我昨天，見到妳的第一眼，心揪了一下！」

「為何？」

「怎麼說呢……有種被雷打到的感覺，讓我久久無法忘懷，我還想過如果今夜妳不肯乖乖跟我走的話，我就算是綁也要把妳綁到這裡來。」

「是喔。」

「妳沒有這種經驗嗎？就是才看一眼，就喜歡得無法自拔的感覺。」說完立刻吻了我。我非但沒有因此感到不快，甚至覺得這感覺滿好的，過程中意識變得有些曚曨，感覺心中有些什麼開始崩解了。增一分太多的微醺、酒足飯飽後什麼都不想做的懶散、涼爽舒適的濕氣、晚風的氣息以及難得在別墅裡享受的生活方式。

還有，想要拒絕偏偏又覺得合得來的男人之間的談話。他正握著我的手要說服我。

「我很少會感到這麼愉快，我想我會永遠銘誌在心，第一次，在那個阪急飯店看見妳的那一刻我就知道會這樣了。」

這個時候我什麼噁心話都說的出口了。我可以想像他過去也時常像這樣帶各種女人來這裡，做過哪些事，但我也不想拆穿就陪他演，甚至期待跟他玩下去，於是我伸出雙手捧推著臉說：「討厭，這樣人家嫁不出去了啦。」說完自己也忍不住笑場，他更是開心大笑。

「喂，乃里，不然我們來玩處女遊戲吧。」

「那你會幫我跟美美保密嗎？」

「當然，這種事怎麼可能會跟她說呢。啊啊，好高興吶！」他雙手合掌，開心地說：「這樣強迫妳不好意思嘿。」

我忍不住笑了出來，他還真像是個商人吶。

在大阪，上班族跟商人是完全不同的人種，這不是在職業上的區別，而是個性上的分類。因此就算是家裡開店營業的，也未必就是真正的商人，也有上班族十分具有商人性格的。換句話說，在個性上屬上班族的人，通常比較不知變通，說一是一、有很多原則、過於認真的人；而被說是做生意的人性格就較圓融、能屈能伸、講話直接明瞭、幽默風趣，但也不知不覺中會讓人感到有些油嘴滑舌、工於算計等等。所以他有意無意地想表現自己是有錢人家的孩子，這一點也很像大阪商人。哦，不過，在大阪被人家說像商人是一種讚美。

我先完成了跟美美的約定。阿剛從事先放在客廳一角的上衣裡拿出十萬圓交給我，我點收後放進包包裡。接著兩人開始迅速整理桌子、鎖好門。這時候兩人的動作都很快，他還說：「看來我們很合嘛。」

我在客廳取下了髮片才進到房間，他一見我這模樣就讚美說：「這樣比較好嘛，看起來年輕又可愛。」真會說話。他在要脫去我的衣服、解開上衣鈕釦時，興奮得手指都抖了起來。說不定他想乾脆整件扯掉算了。

「我會被媽媽罵啦。」我雙手掩面假裝哭泣。

「我一定會娶妳的，沒關係。」這時候的大阪腔不輕也不重，感覺非常剛好。

「真的？你真的會跟我結婚？」

「會。」

「可是我好怕，不要……」我盡力忍住不笑出來。

「不會痛，別怕，妳放輕鬆，安心把自己交給我。」他竟然還接得下去，但我們還是笑到得忍住淚才能親吻對方。然後他的手，熱烈如火的手，托起了我一邊的乳房，但是我笑得太激動，他也被我感染得無法停止笑意。也因為我們笑個不停，我才搭上他的肩，如鋼鐵般堅硬的肩膀，他便說：「很結實吧。」我才知道原來他對自己的身體極有自信，接著我們有一段很美滿的時光，跟彼此不太熟的人上床時，笑是最好的潤滑劑。我太想繼續演下去，又再以甜膩的聲音說：「不要、人家不要，會痛……」並將他推離，於是焦急的他罵道：「妳給我聽話！」

我想阿剛也很享受跟我在一起的感覺。會這麼說是因為結束後，大部分的男人都不願意與女人四眼相對，要不急著穿上衣服，要不就開電視，但阿剛卻裸著身體將我攬在腋下繼續溫存，然後慢條斯理地點根菸來抽。

「喂，妳明天晚上還過來這裡嗎？」

「嗯……應該可以吧。」

「妳老公出差何時回來？」我才知道他沒忘了這件事。

「就這一、兩天。」

「是喔。」

他突然起身，叫我去看星星。隔著落地窗，看見滿天星辰。天氣很冷，我穿著阿剛的毛衣。窗外是一片松林，還有兩塊石碑。我才在想那是什麼，在水銀燈光下定睛一看，其中一塊刻著「××宮王妃殿下御手植之松」，另一塊寫著「××子宮內親王殿下御手植之松」，看起來都還滿新的。

「我爸喜歡搞這一套，××宮王妃殿下指的是我奶奶娘家的出身。」

「感覺好難高攀啊。」

「他們每年夏天會來這裡住五、六天。」

「會想出『御手植之松』這哏，果然很不一樣，就是將軍大人跟老百姓。」

「別這樣說，又不是我立的。」阿剛辯解說。

「這樣說來，我就是您御手釣到的女人囉。」

「哎喲，就跟妳說別鬧了。」調侃他還真有趣。

他的厚實胸膛，我伸長了雙手也無法整個環抱，他卻能一手就掐住我的脖子，

「我只要用力，單手就可以殺掉妳，真好，我就喜歡這種骨架細又有肉的身材。」

電話突然響起，我就如同字面上所形容的，嚇得跳了起來，心跳加速。

「這裡有電話？」

「有啊……這個時間會是誰打來的？吵死人了。」

我拿起阿剛放在枕邊的手表一看，晚上十一點，一般才剛進入夜晚休息時間。阿剛衣服也不穿地走到隔壁房間去接電話，一下子又走回來說：「乃里找妳的，美美打來的。」

「你跟她說了我在？」

「我討厭說謊。」

我接起電話，美美不知為何在哭。

「乃里子，妳幫我拿到錢了沒？」

「嗯，拿到了。」

「我一直在等妳，我從昨天晚上就不舒服，想說是不是懷孕了想吐，想找妳陪我去看醫生啦……」

4

我回到我的事務所，已經將近半夜一點了，美美人已經坐在裡面，大概是請管理員幫她開的門。她擅自開冰箱，拿出蜜豆罐頭來吃，一邊看著電視。

我可是滿肚子氣。雖然阿剛送我回來，但其實我想一整晚都跟他在一起。不得不中斷我跟他相處的時間以及美美知道我跟他在一起，都讓我覺得很難堪。

不知道美美會怎麼想，還有她說麻煩大了，也讓我有不祥的預感。不過我跟阿剛做了什麼事，美美好像一點也沒放在心上，直對著在浴室裡沖澡的我大喊：「事情變成這樣，怎麼辦哪？」

「今天什麼都沒吃，全都吐出來了，我一直在找妳……」

「妳怎麼會知道阿剛他們家別墅的電話？」

「誰都知道好嘛，阿剛只要認識女生就會帶去那裡啊，什麼御手植之松，全大阪的女人都知道吧。」

我全身溼淋淋地走出浴室，

「真的假的？妳也去過？」

「我是跟小隆隆一起去的，那次阿剛帶了個小模去，我們四個人在那裡過夜。」

所以阿剛也跟小模玩「處女遊戲」了？我忍不住在心中怒罵「該死的傢伙、王八蛋！」我用浴巾擦乾身體，穿上睡衣。

美美開口說：「哎喲，別管阿剛，我的事妳看怎辦好啦？」

我坐在辦公桌前，這才有心思考聽美美說的話，

「可是沒給醫生看不知道吧，到底是不是真的懷孕。」

「嗯，可是我覺得是吔。」

「妳之前有這樣過？」

「沒有，可是我的直覺很準。」

為了平復心情，我打開抽屜拿出印度香點燃，插在玻璃香瓶上，美美馬上說：

「啊！不要點那個，味道那麼嗆，會害我想吐。」並衝進廁所去。明明是很清涼又帶點甜味的香氣。

我趕緊撚熄線香，去廁所看美美的狀況，她真的難過得連眼淚都快滴出來了，剛吃下去的蜜豆全吐了出來，之後沒東西可吐，只能痛苦地乾嘔。我把廁所清理乾淨之後，倒了杯水給美美，她也是一喝又咳出來，看來不能不相信美美的直覺是對的。

我回到房間，將從阿剛那裡拿到的一疊十萬圓鈔票擺在桌上，美美邊擦著眼淚邊走過來，那不是因為傷心而是身體太不舒服流的眼淚。「啊啊啊，好累喔。」她無力地念著。我也忍不住罵她：「妳也太不小心了吧……」但是因為有所顧忌而沒有什麼迫力。

「如果真的有了的話妳打算怎麼辦？」

「生下來啊。」

「別鬧了！」

「可是人家喜歡小寶寶啊……」美美天真地揉著眼角說。

「我拜託妳不要把事情弄得那麼複雜可以嗎，妳不是跟甲斐說好，拿了錢就不會把孩子生下來嗎？」

「可是如果真的有了，我的心情就不一樣了啊。」

「那妳說，這十萬圓該怎辦？無論如何，都拿了人家的錢，還把孩子生下來，就是詐欺了。」

我討厭當詐欺。男女之間雖然有利益交換的必要，但是詐欺已經違反規定，這樣等於是破壞了彼此之間你情我願的交易，已構成犯罪。對我而言，因為騙男人自己懷孕了然後榨取十萬圓是因為隆之做了一件價值十萬圓的事情，美美有其正當權利，但若談好價錢之後又毀約，那就是美美的不對了。

「十萬圓還給他，我要把孩子生下來。」美美若無其事地說。

「啊啊妳這傢伙是白痴嗎？」我吼了出來，實在是太想讓她明白生小孩不是像去西洋古董店，看到喜歡的壺或是一盞燈就能隨意買回來家裡擺著好看這麼簡單。生小孩要花力氣也很花錢的（應該吧？但我也沒有生過就是了）。

有些女人就是會把小孩當作水壺或洋娃娃還是乾燥花一樣看待。

「可是人家想生嘛。」美美直盯著自己的肚子，我也望了過去，開口問：「妳真有那麼喜歡那個甲斐隆之？」

「幹嘛這樣問？」

「因為很喜歡所以非生不可？」

「跟小隆隆沒有關係。」

「啥？」

「仔細想想，我其實也沒有那麼喜歡他。我啊，只是覺得小隆隆念起來很順口，所以才會喜歡名字裡有個隆字的男生。」

這女人在說什麼鬼話！聽了美美說的話，我原先就已經不怎麼清楚的頭腦又更加混亂，所以只要名字裡有個隆字的男的，誰都可以嗎？

「嗯，大概是這樣吧。」美美確實覺得無所謂。

隔了一天，我打電話給甲斐隆之，剛好是中午休息時間，於是找得到他。我告訴他已經從阿剛那裡拿到了十萬圓，「今天晚上你可以來我事務所一趟嗎？」我和善地說。

「要幹嘛？」他莫名地警戒著。

「嗯，有點事情要跟你說，可以挪出時間嗎？」

最後他只好心不甘情不願地答應說會來。

因為美美早已經先到了，隆之一來看到我跟美美一起，心都沉了。

「我沒想到會是這種局面。」

「既然來了就請坐嘛，甲斐先生。要喝啤酒還是威士忌？」這麼好聲好氣地說話的，是我。

「現在這樣根本喝不下去，妳說有話要說是什麼事？」

隆之因為天氣熱把西裝外套脫了拿在手上，但他來是很會流汗的人，在這已開了冷氣的室內還滿身大汗。

「小隆隆，人家想過了……」美美以甜膩的聲音說著並往他身上靠去，不知是不是我想太多，隆之顯得狼狽又不安。

「美美每次想的都不是什麼好事，究竟要幹嘛？」

「我想還是把孩子生下來好了。」

「不可以這樣出爾反爾啦，我拜託妳！」隆之感覺都快哭出來了。

「這樣太奸詐了，美美。我不是已經給妳錢了嗎？」

「那我把錢還給你嘛。」美美把一疊鈔票推向他，隆之又推回來。一旁看著的我，看著那疊鈔票根本不是鈔票，而是一顆裝著小嬰兒的蛋，一下滾向美美，一下又被推到隆之這邊。

「為何事情會變成這樣啦？」甲斐隆之向我求救，他就像在一艘快沉沒的船上呼救似地看著我，害我的心情也變得沉重。

「當時跟現在，情況改變了。」

「哪裡不一樣？」

這又不能明說，美美只好胡鬧地：「總之我要生。」

「我……我不能跟妳結婚！」隆之像是看見最後一線生機般，突然睜大他圓圓可愛的眼睛說道。

「咦，我說過要誰娶我嗎？我只說我要把孩子生下來而已吧？」

「妳這樣我很困擾吔，可以替我想想嗎？」

「所以我才說要把錢還你了啊，因為我違反約定，這錢就還你啊。」美美說。事到如今，隆之也不管別人怎麼看，雙手合十向美美拜託：「求求妳，把這十萬圓收下吧！」

「不要這樣啦，小隆隆，我不是故意要為難你的。」美美戳著隆之的肩說。這個親膩的動作，一定是兩人有親密關係才會有的，我能想像當只有他們兩人的時候，一定是相處融洽、感情很好。

「美美，如果妳覺得十萬圓太少，我再多出五萬。」隆之用手比了個五。

「十五萬，拜託妳。」

「不要……」

「那，二十萬！拜託，收下這二十萬吧！」

「不要，人家想要小孩。」

「妳不要整我了啦，不然，二十一萬……二十二萬……二十二萬五千！」愈加愈少了。

「乾脆點，三十萬吧？」我說。

隆之一副要哭的聲音，像是在發高燒說著囈語般：「三十萬我出，三十萬我出。」

「既然我都要出三十萬了，妳可不可以不要再說想要小孩，妳想想看今天這種世況，幹嘛要生孩子？這個世界上這麼多公害，不是一堆PCB污染（註一）、化學工廠排放毒氣、還有水銀中毒、鉛中毒、核試爆，為何還要把小孩生下來受罪呢？」

他雙手亂揉著頭髮，又突然抬起頭問道：「喂，妳說的，是真的嗎？」

「是真的，我確實去看過醫生了，醫生還笑咪咪地說恭禧恭禧，會生下來吧，我也笑著回他說要，我要生。」

「哪個該死的醫生，我要去殺了他！」

「人家跟醫生說好了，所以現在要我說我不生了，實在是說不出口啦。」

「那妳跟我說好的又怎麼辦！」

註一：PCB為多氯聯苯（Poly Chlorinated Biphenyl），過去在一九六八年和一九七九年在日本和台灣曾發生食用油製造過程中被多氯聯苯污染造成食用者產生病變。

隆之再次押寶在那十萬圓上。

「我不是都出了三倍的錢了嗎？拜託妳啦，還是妳覺得三十萬不夠？可是我現在沒辦法拿出更多錢來了，吶，美美……」

「不要那麼大聲！」我要他小聲點。這棟房子兩邊的鄰居也許聽不到，但聲音可是會傳到樓下去的。

「不如這次就暫時這樣，這些錢你就先帶回去？」我說。

我是站在隆之這邊的。如果是我，我就乖乖地收了這三十萬，然後把孩子拿掉。但是美美很孩子氣又固執，一開始就說不聽了，甚至還有可能會愈說她愈故意唱反調。說不定多花點時間說服，她有可能會鬆動、改變主意。而且若孕吐愈來愈嚴重，說不一定她的想法又會改變，這一點我算是很理解她。

「我覺得自己像被狠狠揍了一拳，真沒想到會演變到這個地步，不過錢我還是先留下。」

「這樣太麻煩，你把錢帶走吧。」美美說。

「誰才是麻煩的人！」隆之罵道。

我送隆之到電梯口。

「妳也好過分！」他連我都一起恨了進去，但我又不想跟他說其實我贊成你的想法。

「我再跟你聯絡。」才說完，隆之便走進電梯裡，並說：「不要跟阿剛說，我這樣實在是太慘。」

過兩、三天後我打電話給美美，她說：「我還在吐，今天公司也請假了。」聽起來很沒精神。

「那我晚一點經過妳那裡時去找妳……」

「妳要去哪裡？」

「我有個朋友要表演，夏威夷樂團演奏，我去捧個場。」

「啊啊，好想去喔，人家也喜歡……可是現在要走動都好費勁喔，還是算了。」

「那妳都在做什麼？睡覺？」

「就躺著，但沒在自慰或幹其他的事，只是躺在床上而已，很累。」

美美語帶天真，但她這種天真讓我覺得困擾。這跟完全無視他人勸阻，執意喊著我要生、要把孩子生下來的獨斷，或是沒有保護好自己，一不小心就懷孕，這樣輕率無謀，可以說是愚蠢的天真，基本上是相同的。

成年人不能靠天真過活，特別是女人。

我手邊工作還沒完成，但還是關上電腦出門去了。身穿長袖白色蕾絲的長上衣、踩著黑色亮面皮鞋上街。今天他應該會在靠大阪北邊的一家新飯店裡表演。

位在飯店十三樓的餐廳一片燈火通明，角落裡種著人工椰子林，耳邊傳來現場演奏的夏威夷吉他渾厚又漂亮的音色。我在服務生的帶領之下，坐進樂團正前方的座位上。不知是不是為了讓外面夜景的燈光更有氣氛，室內十分昏暗，桌上點著蠟燭，但椰子成林的那片角落又打上如月光照射下的藍色燈光，感覺晃如置身在夏威夷的海邊。

樂團成員們一致穿著夏威夷襯衫，正中間的那個人便是我的朋友三浦五郎，他見到我來，一臉認真地打了招呼。

我與他右邊的貝斯手竹腰及左邊彈滑音吉他（steel guitar）的波田也算認識。三人並非專業的樂手，都是另有正職，腳踏實地工作的人，只有在夏天的夜裡來兼職，但在我眼中，他們比任何樂團都還要棒，特別是五郎彈的夏威夷吉他。

我以手支著下巴，直盯著五郎看。他沉醉地彈著吉他，時不時地望向天花板，看來像在注意伴奏的聲音或是擦過椰子葉的風，我無法將目光從他身上移開。

他白天是個認真工作的上班族，頭髮打理得整齊、乾淨，認真的表情下總帶有一抹憂鬱。過去曾是銀行員的氣息尚未褪去。他因為太熱中於夏威夷吉他而被銀行裁退，現在重新在一家商社上班。

若要說真心話，我最最喜歡三浦五郎，但在他面前，我卻說不出口，跟阿剛鬥嘴時的伶牙俐齒，遇到五郎完全派不上用場。

5

五郎比我大上一、兩歲，有些人在他這個年紀早已是兩個孩子的爸爸了，他不僅單身，整個人的氣質、長相都還十分青澀，彷彿剛從學校畢業一樣。

我想這是因為他與世無爭、老實、沉默寡言又漫不經心的個性所致，否則怎麼會都到這把年紀了，還扮成夏威夷人來逃離現實，每到夏天的夜晚就來打工。這裡的老闆根本就是濫用他們的熱情，一個晚上唱上好幾個小時，只支付一點點錢給他們。這不是為了賺錢才做的事，是真正熱愛才能如此，所以我對五郎的團員，不論是彈貝斯的竹腰還是滑音吉他手波田，都一樣非常喜歡，程度不輸給五郎。喜歡其他事物更勝過錢的，在這時代是最浪漫的人。竹腰是一間公司的老闆，年約五十四、五歲的紳士；波田繼承家裡位在心齋橋的高級料理店，三十五、六歲正值壯年，他們個個都有一定的經歷、知識，是正正當當的好市民，只是為了興趣，每到夏夜裡就抱著樂器，在飯店或餐廳裡巡迴著，即使只是少少的錢，也能讓他們欣然演奏，沉醉其中。我想，因為是我「喜歡得不得了」的人所演奏的，那音色才會如此絕美。

還有，我一直覺得，這種被稱為「夏威夷音樂」的民俗樂，是濃縮了野性之中最美好的事物。一般而言，民俗樂多存在於圍繞著斬首、襲擊、偷襲等活動的歌曲中，夏威夷音樂卻是卸下心防、解除武裝的歌，是飽食者之歌，是吃飽喝足後馬上陷入安逸的睡眠者的歌。那音色、旋律有種讓人心神渙散、難以抵抗的力量，並不適合閉上眼專心聆聽、欣賞玩味，而是張開眼，卻什麼也看不見時、總是漫不經心地想著其他事情時來聽，就是最合適、最完美的音樂。

我哥哥跟五郎的哥哥是從學生時代就認識的好朋友，五郎也時常跟他哥哥來我們家玩，大學畢業後他去了鄰鎮的銀行上班，有好一陣子沒見面，再碰到他時，已經被銀行辭退，另外找了家公司上班。

「還是一個人？」我問他時，他笑嘻嘻地說不是，我聞話臉色聲音都沉了，「哦，是喔，長得漂亮嗎？」

「漂亮、漂亮，天下一品，日本排名前五名的大美女。」

「嘿，那不就是仙女了，去哪裡找到的？」

「不是找到的，是買的。」

「買？」

「嗯，花三十五萬圓買的，啊，好貴呀。」

原來他又開開心心地聊起夏威夷吉他的話題了。他還是跟以前一樣，那麼地悠哉，開朗又特別溫柔，從來不會說別人的壞話或是刻意中傷他人，就連諷刺、指桑罵槐等讓人覺得不舒服的話都沒說過，清清爽爽的一個人。如果這世上有男人可以與仙女相比擬，大概就是五郎這種可稱為仙男的人吧。

不知在什麼緣由觸發之下，我從以前就超喜歡仙男五郎。

中谷剛說有種人會讓你「無法不在意他」，對我而言就是三浦五郎。我們從以前就會一起聊些沒營養的笑話，但到了該說些正經話的時刻，我的舌頭，很不可思議地就像被地心引力給牢牢吸住般，一動也動不了。而且下流的是，我看到五郎的身體，竟然會對五郎產生種種幻想。

這在以前當然不會發生。二十一、二歲不經世事的小女孩時代，我只是很單純地喜歡著「小五哥」而已，也因為我跟五郎之間什麼都沒有，才有好幾年都斷了聯絡。

剛才我輕描淡寫地說我們「久別重逢」，是發生在我已經二十七、八歲的時候，那時我已經不知道談過幾次戀愛，男人一個接一個換過，所以喜歡五郎的心情雖然一樣沒變，但跟以前比起來，有著更實際、具體的執著。

沒有經驗的小女生能想像的事情有限，對於矇矓的愛情不知該如何說明才好。然而一旦有了經驗，對於自己想要的究竟是什麼，已經了然於胸。我知道自己不僅僅喜歡五郎的氣質、個性，還有肉體。那彷彿會散發出舒服的香皂味，結實、乾淨的身體，與中谷剛那攻擊性十足、如同雕像般完美的裸體（那其實也是有錢人的傲慢與自我的象徵。花了大把大把的金錢、時間、精神鍛練出來的肉體之美）不同，是正直又有些孤寂的身影，我喜歡這種不造作的身體。

像阿剛那種老是女人不離身，情欲一觸即發，如武器般經常使用的身體是不及格的，我是這麼認為。

我猜，現在啃著指甲直盯著五郎看的我，看起來一定很粗野、精悍，情欲橫流。我多想要仔仔細細地看遍他的頸、肩、胸膛以及其他各處，然而五郎完全沒發現我這無法實現的欲望，也因此讓我更加飢渴。這種情況下，人會變得靜默。真切的渴望，會奪去人的言語。

所以我將啤酒擺在面前，靜靜地坐著，即使五郎過來了，也幾乎都是他在說話。他就像個高大的孩子，無聊地晃手晃腳。漂亮、柔和的五官輪廓，無憂無慮的表情，讓人好想一口吃下。

「吃過飯了嗎？」他問我。

「嗯嗯。」

「那等我們一起走吧，這裡到九點半結束。」

「嗯。」

「外面熱嗎？要去遠一點的地方嗎？」

「是沒很熱，不過在這附近就好了吧。」

波田跟竹腰也過來了，大家都點了啤酒喝。

之後，九點半一到，他就脫去那身夏威夷衫，變回一介普通的上班族，提著公事包朝我走過來說：「讓妳久等了。」我們慢慢散步走到離這裡有段路的北邊新開發地區，一路上，五郎淨說些好笑的事。

他說先前他們到京都的一間餐廳表演，舞台前第一桌坐著竹腰先生公司裡的一群男員工，正吃吃喝喝著，但似乎沒有人發現台上表演者之一是他們公司的社長。不過，話說回來，有誰會想到坐在公司鋪著長毛地毯的社長室裡那張皮椅上、眼神銳利的權力者，會身穿藍色夏威夷上衣，脖子上還戴著塑膠製花環，在這裡賣力彈著貝斯？

「更厲害的是啊，其中有一個人還朝著我們拍手大喊：『大叔，彈得真好！』社長只得低頭偷笑，他們甚至還叫我們過去喝一杯。」

「這下……」

「我們三個都過去了，但至始至終都沒人發現。」

「都醉了吧。」

「醉了，而且又燈光昏暗。」

五郎接著又說，先前隨意逛了一家西裝店，在選購上衣時，「突然想起這家店應該是我中學朋友的家。一看發現顧店的老闆是個禿頭，長得還跟我朋友很像。」

「是他爸爸吧？」

「嗯，我也這麼認為，於是我開口跟對方打招呼：『我跟您家公子是同學』，結果對方回說：『啊，你是五郎對吧，你在說什麼啦，是我啊，吼！』原來是我同學本人啦，因為他頭髮幾乎都掉光了，我認不出來啊。」

我大笑，同時也忽然想到，該怎麼做才能讓這個會跟我閒扯淡的男人跟我調情呢？

我跟阿剛因為是棋逢對手，對同一件特別的事情有著同等的興趣，在同樣想勾引對方的情況下，什麼話都不用說，就像在打乒乓球般一來一往的應對中，自然而然地情緒就會來了，但五郎看來是不可能這樣。

如果我對五郎說我想奪取你的貞操，他可能會昏倒吧。我該從何處下手，如何說服他呢？但是我又不想像阿剛那樣不管對方是誰，總之就綁到他六甲的別墅一樣地把五郎抓來硬上，我的期望是，五郎有一天愛上我了，不斷地接近、最後將我擄獲（像阿剛對我那樣）。

但看著眼前這天真爛漫、毫無心機的五郎，我絕望了。我在五郎面前會這麼沉默寡言，就是因為那絕望感讓我意志消沉。

然後，每當我想到也許有一天，不知哪裡冒出一個女人比我早一步先馳得點，那悔恨、絕望與悲傷幾乎要將我滅頂，讓我眼前一片漆黑。

我多希望五郎的溫柔體貼只投注在我身上，不論是他的身體還是心，我都想要獨占。但我也只能把這些想法往肚子裡吞，跟他一起在北邊新開發地區的小餐館面對面坐著吃飯，開心微笑著。就像我對五郎說的話感到有趣，五郎也興味盎然地聽著我說話，他總是開心傾聽著。

「我最早設計的產品是桃紅色的馬桶造型菸灰缸，之後是像把扇子，又白又大，吃起來像威化餅的餅乾，還設計過一款黑色尼龍內褲，正面還繡上無花果葉子，竟然很暢銷，現在從內衣褲、禮服、手帕、睡衣、手套、拖鞋、傘、包包、毛巾甚至貼紙全都是一系列生產，有蝴蝶、三色堇、草莓系列等等。」

「這些都是設計來當禮品的嗎？」

「不，是給剩女用的。」我冷冷地說。

「這個世界上唯一有閒錢的只有剩女了。雖然不是很多，就是有點小錢，她們不會把錢拿去賭博，也不會用在別人身上，花在自己身上時倒是一點都不手軟，所以剩女產業是個大金礦。為什麼呢，因為我整天都在利用剩女的吝嗇與自我中心在賺錢，才會這麼清楚。」

「原來如此，比要男人出錢來得容易？」

「男人？有哪個男人是有錢的？」

「沒有。」五郎笑了出來。

「年輕的女生不行，她們要存嫁妝，已婚的也不行，當然也是有些有錢有閒的，但就比例來說，還是剩女為大宗，所以要針對她們的心理來設計商品，像是用料奢華又講究，獨一無二的衣服、用具等等。」

「原來如此啊。」五郎完全忘了對面的我也是剩女。

「乃里妳好強阿，做這個賺很多錢吧。」

「想被我包養嗎？如果對象是五郎的話，沒有問題喔。」

「有需要的話再拜託妳了。」五郎為我倒酒。玩樂器的人，手指都好漂亮。

五郎的酒量沒有很好，原本白皙的臉已經發紅，我今天一定要灌醉他。

「等一下要不要去我那邊續攤？」

「哦，也好啊。」

之前五郎也去過我事務所一、兩次，不過從沒有留下來過夜，總是說聲拜拜就回家去了。什麼拜拜，今天晚上我要把門鎖上，鑰匙從窗戶丟出去。當我意識到自己腦中淨想些齷齪事，不禁臉紅說不出話，都快哭了。為何每次跟他說話到最後都會變成這樣？愈來愈搞不懂自己。

但是五郎應該以為我喝醉了，天氣又悶熱才會滿身大汗吧。我知道自己的臉變得又紅又熱。

這是家和風洋食餐廳，端出美味的蟹肉可樂餅跟味噌湯的同時，還會附上筷子。我為了逗他開心，聊起了美美的事情。

「真的要生嗎？一個人。」五郎一臉不敢置信。

「不知道，那傢伙常改變心意。」

「這樣的話，那小孩子不是很可憐？未婚媽媽一點也不時髦，根本就是不知人間險惡啊。」

「說了她也不聽，笨蛋一個。」

「不然就隨便找個人結婚，再馬上離婚不就得了，就只是做個樣子。」

「但我想隆之是不會肯的。」

「反正都會離，找誰不都可以？只是讓孩子可以報個戶口。」

「是這樣沒錯。」

「不然我可以借她用，只是要登記一下的話。」

「然後三天之後就離婚？」我跟著開玩笑。

在這裡我已經喝了不少，我想五郎也是，他起身說該走了。

「不去我那邊嗎？」

「下次吧。」五郎沉穩地回答。

下次就什麼都沒有了啦。五郎搶走我原本要買的單付完錢後走出餐廳，外面好熱，一定是喝醉的關係。我突然一陣悲傷湧上心頭。跟中谷剛上床、一個人工作、算計著剩女的心思、設計馬桶型菸灰缸時的孤獨時間，我一直一直都感到無限的寂寞，也因此，我打從心底想要五郎，我好想要有他支撐著，就像是每個人的生活中不可或缺的日用品，如潔牙粉、衛生紙、餐桌上的鹽、一撮茶葉那般，五郎對我來說是不可或缺的。我將臉埋進手中，哭了起來。

「喂妳怎麼啦。」他不知所措地搖了搖我。

「你不來的話，我就哭得更大聲給你看。」因為我邊哭邊說，五郎很用力聽才聽懂我在說什麼，只好說「真拿妳沒辦法，我送妳回去吧」轉身去招車。我為了不讓他有機會逃走，抬起還掛著淚滴的臉，緊緊捉住他。

6

我的房間有點亂，不過並非一直都這樣，每次一項工作完成後，我都會好好整理一番，但這次還沒到那個階段，所以地毯上散亂地攤著一堆雜誌、報紙或紙片，連走路的空間都沒有。裙子、上衣、睡衣也都胡亂披放在椅背或床上。我急忙將這些衣服一把抱起，塞進衣櫃裡，然後開冷氣。

「好熱喔。」我說，並想建議他熱的話可以把上衣給脫了。五郎卻悠哉悠哉地說：「還好呀。」這男人怎麼這麼死腦筋吶！這樣我怎麼接得下去啦！

五郎將沙發上的書本整理好隨手放到桌上，好不容易才坐下來。我從廚房裡端出冰塊跟酒，繼續不死心地問他：「要不要來猜拳？」

「為何？」

「輸的人就脫一件衣服。」

五郎嘻嘻笑著，還以為他終於知道我的用心了，沒想到他竟然答說：「妳想脫就脫，不用顧慮我。」

白痴啊你，現在不是笑的時候。你不脫我一個人脫光了是要搞屁啊！看來要料理這個難纏的傢伙，得比其他男人花上十倍的力氣。

「妳有什麼唱片？」五郎邊吹著播音器上面的塵埃邊問。

「沒有吔，真是不巧。只有英文會話的塑膠唱盤和甘乃迺總統就職演說，在神戶的古董店買的。」

「這樣啊，如果有點音樂的話就好了。收音機呢？」

「有是有，但不太靈光。」

對我來說沒有音樂伴奏也無所謂。能像這樣跟喝了點酒的五郎面對面坐著，已經是完成下水儀式，我心中早已放起了煙火、熱鬧滾滾、雀躍不已。

但是，只要是稍微對女性有些了解的男人看到我現在這個樣子——毛毛躁躁、將地上的東西全都踹到一旁，在屋子裡忙東忙西，一下拿酒杯一下找開瓶器，臉上泛著淡粉紅色的光芒，不時忍不住自顧自地笑了起來，還直盯著男人猛瞧——也知道我對五郎有多飢渴，然而他本人，最重要的那個人卻一點感覺也沒有。

五郎天真地轉著收音機，似乎很努力地想找到喜歡的音樂。跟女人一起關在一間密室裡，就只會轉收音機嗎？

「小五哥，冰塊快融化囉，還不來喝？」

「哦好，我來了。」

這樣的對話，根本就是為了考試熬夜K書的兒子，與一起陪讀並用心準備宵夜的媽媽之間才會出現。

五郎將杯中的冰塊搖得鏘鏘作響，開口說：「乃里，妳有撲克牌嗎？」

我簡直氣到要爆炸了，但是又不可能一巴掌呼過去將他打趴在地，只好擺個臭臉回說：「有啊。」從櫃子裡找出來給他。

「要不要來算命？看看妳是什麼樣的性格？」

「不要。」

說不定算出來就是個「淫蕩女」。

「我常一個人玩算命遊戲，如果有好的結果，就喝一杯。」

「為何這麼做？」

「這樣比較能少喝一點吶，否則會一直喝個不停。」五郎笑道。

聽著他那輕柔悅耳的大阪腔，我對於要捕捉這男人，已感到絕望。大阪腔是一種讓人精神渙散的語言，類似讓人解高潮的溫柔。倘若我能夠嘿嘿嘿地笑著掩飾我的心機，一邊伸手開始解五郎身上襯衫的扣子，他一定會輕輕地說：「妳在做啥？」冷靜地低頭看著我，被人這樣一說，再怎麼厚臉皮的我，鐵定也會瞬間急凍。或者是我一邊哼著歌，邊要幫他鬆開褲頭上的皮帶，他大概會像在念三歲小女孩一樣地：「喂喂，這個不行喔。」阻止我再繼續下去。

所以我只能乖乖地不對他毛手毛腳，鼓著臉喝著飲料，漸漸地喝醉了。五郎像是沒事般自己倒了好幾回的酒，但其間，我們也沒靜下來過，一直在聊天。他說他曾經在冰淇淋大胃王比賽中奪得第一名（公司創立週年紀念日的活動上）、我則是提到曾經收過一封好笑的情書（因為我寫了篇附插畫的散文登在某本雜誌上）。

五郎要我拿給他看，於是我在床上匍匐前進，爬到床頭打開邊櫃抽屜拿出那封信來，五郎也靠過來看。

「敬啟。時序已來到炎炎夏日……」光看到這一小節我們倆就笑到眼淚都快滴出來，這封信是我人生至此看過最棒的傑作。

「近日，因拜讀妳的漫畫，小生一介建築家，認為妳我相遇應屬良緣，希望妳能夠視小生為交往對象，今後期望能彼此通便（註一），因而冒昧寫信打擾。」

最後還加了一句「附上小生的照片一張，請參考。」那是張郵票大小的照片，感覺很像是原本貼在身分證明文件或是駕照之類，撕下來用。

看起來是個感覺不錯的男子，表情認真、二十六、七歲，身著類似工地制服的上衣。

「原來所謂的建築家都長這樣啊。」我話還沒說完，五郎便接著：「感覺是個還滿好通便的傢伙。」兩人又笑得樂不可支，最後兩人都快笑出眼眶，彼此搶奪起那封信，

註一：日文中「便」有信件之意，但實際上「通信」並不用這樣的說法。

爭相念出來，五郎邊教訓我說：「人家這麼認真，妳卻完全不當一回事，這樣不行。」但自己也止不住地笑。

「啊啊，乃里子很受歡迎呢。」此時五郎也跟我一起躺在床上，在這樣的情況下，正是告白的好時機。因此我說了。

「我喜歡你。」

「我也是呀，我剛剛正想這麼說吔。」

不對，事情有點走偏了，他這樣說，完全不是那種感覺。但是五郎仍繼續微笑著。

「那我們今天來喝通宵吧。」

「我明天還要上班呢。」

「請個假嘛。」

「那我是要把樂團打工當正職嗎？」

五郎突然起身，邊說著：「好熱好熱，我去沖個澡吧。」就逕自走向浴室。我大喜，拿著摺好的浴巾掛在浴室門口。我在門外喊著：「我等下也要進去喔！」裡面傳來激烈的水聲及五郎回應了一句：「哦。」

我的朋友曾經遇過一個男的，上床前不僅要齋戒沐浴，甚至還要用手指消毒機將手消毒一番才安心（我對於這種有潔癖的人沒輒，從來沒辦法走到上床這一步）。不知算不算是一種反制，我認為為了上床而洗澡的那些人，根本是故意詐欺。那是「夫妻的習慣」，根本不是「情人會做的事」。

我將浴室門拉開一點點，朝裡面喊說：「要不要幫你擦背呀。」我高興得連聲音都飄飄然。「不用喔」五郎背對著我，在蓮蓬頭底下沖洗著。他那比阿剛還清瘦的身體，若要說第一印象，當是他光滑細緻的皮膚。阿剛的臉看起來乾乾淨淨，但身體卻覆滿體毛，不論是腰部還是屁股的毛都黑而濃密，胸口到肚子也長滿了毛甚至有髮旋，我摸著說「感覺好溫暖喔」，阿剛便開心地大聲笑（據說這也是他非常滿意自己的地方），傲慢、充滿自信、得意地露出「你看吧」之意的笑。

而五郎的身體，有著大阪、京都男子身上常見的平滑，同時還均勻地曬出黃銅色，只有褲子的地方是原汁原味的白。他最近去海邊玩了吧？

我一想到等下就能摸到這滑順的肌膚，心情大好，飛撲到床上等著他出來。我也不管樓下的人會抗議，在床上跳來跳去，一個人呵呵笑著。

但是五郎那個無可救藥的大笨蛋、大白痴、木頭人，出浴室時竟然好好地穿上褲子、襯衫，還走到我床邊拿起放在枕頭上的手表戴上，喃喃自語著：「電車即將要沒有了」，還一邊把上衣紮進褲子裡。將「快沒車可搭了」刻意說成「電車即將要沒有了」，就跟特意把「大老遠」說成「交通不便」一樣是大阪式的委婉說法，不把話說白的特色。

我氣脹著臉瞪五郎，他卻輕鬆自在地擦著頭髮、吹著口哨將襯衫釦子扣上。

「要走了喔?為何不留下來呢?」

「下次再來吧。」

「我們可以吃三明治當宵夜或是在天亮時一起喝咖啡啊，有很多事情可以做。」

「那妳幫我留到下次囉。」

(可惡!)這句話只在心裡想著。這傢伙是白痴嗎?一個女生這樣想盡辦法要留他，他竟然這麼不識趣、輕輕鬆鬆地就說要回家，難不成他是在諷刺我?可是我相信他不是這麼壞的男人，他不是那種會冷眼看著我心急如焚而引以為樂的傢伙。還是說，他性無能?當然我是不會拿這點去質疑五郎。難不成對他來說，我沒有女性魅力?我當然更不願意這樣去想。

「再見囉，妳早點睡早點起床吧，早起的鳥兒有蟲吃。乃里大色鬼不可以喝這麼多酒又睡晚晚的。」

我拿水潑你喔！不要像個小學校長訓話一樣對我講話。

「我的鞋子呢？」

光著腳回去就好啦，我才不管咧。

「喂，妳在生什麼氣呢？」

吵死了！

最後，還是不得已把藏在廚房洗衣機後面的鞋子拿出來還他。

「哎呀，幹嘛把鞋子藏在這個地方？」

想默默地讓你回不了家啦。連這都不知道啊，笨蛋。

「再見囉。」五郎又說了一次。

「要走快走。」

「好奇怪喔，到底妳在氣什麼。」

「誰教你說要走。」我都快哭出來了。

「妳這樣說，我怎麼忍心走，妳這個寂寞的酒鬼。啊啊啊，最後一班車要是錯過了，就只能搭計程車了，要哭著跟四千圓說再見了。」說著說著又看了手表，急忙地說：「啊，還來得及，那就，再見囉。」五郎費了一番工夫（因為我不僅上鎖還把門鍊也掛上去了）開了門衝出去。

我要是男的，一定一拳把他打倒在地，但我若是男的，就不可能會迷上五郎了。我確實是醉了，但現在也不想工作，總之就先去沖了澡，穿上睡衣（棉質的、紅色橫條，被美美說很像是女囚制服的睡衣，是在百貨公司特賣會上買的。我雖然設計華麗的內、睡衣，自己卻不太穿），打電話到美美的住處，不找個人說話發洩一下，我睡不著。

起初電話響了很久都沒人接，正想說她已經睡了吧，正要掛掉時，電話突然被接起，聽起來不像是在睡覺被吵醒的聲音，美美語帶興奮地說：「喂！」那聲音精神奕奕。（有精神奕奕的眼睛，當然也有精神奕奕的聲音。）

「啊，妳還沒睡？」

「乃里子？我躺在床上，不過還醒著的。」

「妳聽我說，我那隻大笨蛋啊……」我跟美美說過五郎的事，但並沒見過彼此，五郎在我們之間的代號是大笨蛋。

「我把他抓回家，但後來又被逃掉了。」

「沒做就跑了？」

「他說『妳這樣，我怎麼忍心走』，我還以為他就會留下來了，沒想到下一秒又說『啊，還來得及坐到最後一班車』，就把我一腳踢飛，溜也似地回家了。」

「哈哈哈哈！」

「一點都不好笑！我簡直是氣炸了！」

「所以可知他對乃里子沒有那個意思嘛。」

「不要說得這麼直接……」

「本來就是，你們認識幾年了？」

「從小就認識了，可以說是青梅竹馬嗎？至少不是那種人家介紹，或是因為在電影院坐隔壁認識的就是了。」

「那希望就很渺茫了。男人跟女人如果不是認識的當天晚上上床的話，就不會有可能，認識十年這種更是沒望了。」美美笑著，電話那頭像是在跟旁邊的人說話，窸窸窣窣。我將電話貼緊耳朵專心聽，她似乎在跟別人說明：「……乃里子的男人逃走了，她現在一人獨守空閨，氣得不得了。」聽起來好像很開心，是哪個傢伙在她身邊？

「美美妳不是一個人在家喔？」

「對呀，妳猜猜是誰？」

「我哪知？」

「是小隆隆喲。」

我說不出話來，腦中想到的只有一件事情：這些人這樣亂七八糟，日本的將來該怎麼辦？我像鷹派的議員般義憤填膺。

「甲斐隆之在那邊做什麼？」

「他在我上面喲。」美美又再嘻嘻笑個不停，其中似乎還夾雜著男人的聲音。

「他說不管去哪裡，都一樣，所以索性就來我這兒啦。」

聽到他們倆人的笑聲，我忍不住發火：「煩死了，你們倆個怎麼不去撞豆腐死一死算了！」

「總比妳抓到大笨蛋還被跑掉來得好吧。」美美得意地回我。

之後兩人的聲音爭先恐後地傳來，根本就聽不清楚在說什麼，大概就是美美想講電話，但男的（隆隆）想把電話搶走掛掉，兩人之間淫蕩的對話以及低聲的笑語……

我掛掉電話，想到應該要怨恨那個拍拍屁股走人的五郎，偏偏誰教我愛上了，根本無法真心地氣他、恨他。

叉開腿，倒看世界

1

我在事務所裡畫畫。因為不時會有小型畫廊為我舉辦小規模的個展，多少還賣得動，也許還真有人喜歡。我的畫算不上有什麼流派，因為是自學，油彩的比例亂抓一通，喜歡用深桃紅色來表現。

我現在正在畫的，是一個女生叉開雙腿，倒看世界，就是大家常在天橋立（註一）上做的那個動作。雖然這個動作不太雅觀，但是與叉開腿跨着火爐取暖完全不同，至少還有點哲學性。凡事都可以倒過來看，所以也沒有什麼新鮮事足以讓人大驚小怪。

畫中的女孩穿著白色小褲褲，腳踩桃紅色高跟鞋，手上戴著手表。雖然編著兩根辮子，卻不是小女生。她倒著從自己的雙腿間望向倒過來的另一個世界，看得忘我，似乎挺樂在其中。

除此之外，我也畫了幾張圖是女生在洗澡、坐在馬桶上、裸體吃吐司的模樣，大概還要再畫兩、三張才夠，真是忙得不可開交，之後還得趕著幫朋友的詩集設計封面。

電話鈴聲響起，我把沾到油彩的手指在工作圍裙上抹了一下，接起電話。

「您好！這裡是××事務所。」

還以為是誰，原來是阿剛。

「有誰在妳那邊嗎？」

「沒有啊。」

「那妳在幹嘛？」

「聽也知道吧，當然是在工作啊。」

「工作什麼時候做都可以，但接到我打給女孩子的電話可是一輩子沒幾次喲。」阿剛似乎覺得打電話給我是多大的恩寵。

「我想帶妳去海邊玩，淡路島那邊，要不要去啊？」

「那裡也有御手植之松嗎？」

「妳比我想像中還聰明吶。」隨即又傳來他那音量特大的笑聲。

「那邊沒有喔。怎麼樣，去還是不去？我等下有事吔。」

「誰要去啊！」

這世界上有哪個女生被人用這種「妳不去的話還有別人搶著要去喔」的態度對待，會傻傻地說我要去我要去的？不過像美美那種就很難說了。

註一：天橋立（或譯作天之橋立），位於日本京都府北部的宮津市宮津灣的一處特殊自然景觀，因為地殼的推擠作用，在海上形成一個沙洲地形，為「日本三景」之一。相傳站在沙洲兩端地勢較高的山頭，背對著沙洲站立並彎腰從自己的跨下朝後望時，會看到沙洲猶如一條往天上斜伸而去的橋梁，因而得名。

我是真的生氣了。阿剛明明已經有老婆，還要四處招惹女生（套句美美說的話是全大阪的女生）帶人家去別墅展現自己多有錢，隨隨便便就開口說要上床，把做愛看得跟運動沒兩樣，被這種人找上，怎麼可能高興得起來？

我跟別的女生不一樣，你別搞錯了！這點志氣至少我還是有的。

那天在六甲山的山莊，他那間「日式洋房」的奇特別墅裡與他一起的時光，原本對我來說是一段美好而快樂的回憶，就這樣被他破壞了，然而對中谷剛而言，他一定覺得明明那天我在六甲山還開開心心的，今天不知在不高興什麼。

「偶爾也要讓身體放鬆一下才行啊，這樣趕工是不會賺錢的，反正不過就是一些婦人手工藝品嘛，能賺幾個錢呢？」

這傢伙真是狗嘴裡吐不出象牙，完完全全就是有錢人討人厭的嘴臉。（那些祖先代代是大名的有錢人，豈不是更狗眼看人低？雖然同樣是有錢人，阿剛顯現的氣質是屬於暴發戶的那種。）

「沒辦法，今晚跟我老公約好要出去吃飯了。」我冷冷地撒了個謊。

「這樣啊。」阿剛一瞬間安靜下來，下一秒好像又把話筒從右耳換到左耳去，「如果真是如此也沒辦法，可是我聽美美說妳沒有老公啊。」

美美那個大嘴巴！

「有啊，只是沒有去戶政事務所登記而已，還是有老公的，我完全沒有騙人喔。」

阿剛好像把「沒有騙人」聽錯了，回問說：「沒有壞菌？」

「我沒有壞菌喔，完全沒有缺點、沒有細菌的狀態。」

「總之，今天你去找別人吧。」說完我就把電話掛了。之後又繼續工作，一直過了中午才告一段落，開了奶油濃湯罐頭熱一熱，配麵包當遲來的午餐吃，還開了一小瓶啤酒。由於今天是星期六，僅有一通電話，是下午時，在奈良的母親打來的，她跟哥哥夫妻倆一起住在奈良。

「都在做什麼呢？也不回來露個臉。」

「我很忙啊。」

「有沒有好好吃飯呢？」

吃了，也跟男人睡了。

「睡覺前要記得關好門窗，一個女生自己住，要多加注意安全，不要讓小偷有機可乘。」母親說者無心，聽者有意的我卻忍不住一直笑。

之後又接著下一個工作，一邊打草稿不時還瞄一下電視，然後想著結婚到底會是怎麼一回事。除了自己之外，多一個人一直待在這個空間裡……我想我會感到開心又覺得煩悶。對方說不定會為了屋子原有的氣味之外，還加上松節油、去光水、印度香等等五味雜陳而抱怨，但我只要想到房間的牆上有五郎的上衣跟我的洋裝交疊掛在一起（是的，想像中的婚姻總是以五郎為對象），旁邊是我畫的畫作，五郎邊喝著酒，玩著撲克牌算命，或是兩人共浴，就覺得結婚是多麼美好的一件事情啊，然後開心得不得了，沉浸在自己的想像之中，興奮不已，一發不可收拾，接著又想到五郎牽起我的手，我說著甜言蜜語，趕忙躺到床上。原本我們已是夫妻了，根本不用急，但我沒來由地就怕五郎會改變心意，因此急忙忙地把門窗都關上、地板上的垃圾一腳踢到看不見的地方，五郎問：「洗過澡了嗎？」

「嗯，洗了！」

「門窗關好了嗎？」

「嗯，關了！」

「房間整理好了嗎？」

「嗯，整理了！」之類的一問一答後，

「好，來吧！」

若能跟他這樣對話一定很開心，我忍不住一個人笑了出來，把素描簿都拋到半空中。就在此時，電話響了。

「嗨，在忙嗎？」是那個不死心的中谷剛。

此時我終於明白不論我說什麼，這個男的，愈是被拒絕反而更加執著，完全就是一個任性的少爺。

「那個，」他很難得地先清了清喉嚨才開口：「現在出發，剛好可以趕上我先前已訂好的船，今天到那邊的話，明天一整天都可以游泳喔，泡在海裡很舒服的。」

「我沒有要去。」

「妳那個來嗎？」

「白痴。」

阿剛大概是以為我要掛他電話了，急忙地又補充：「淡路一下就到了，真的，今天那邊都沒人在，我去接妳，妳到樓下等我。」

「其他的女生都沒空嗎？」

「都沒空。」他坦白地回答。

「去嘛，偶爾也去海邊玩玩也不錯啊。」

「我不會游泳。」

「什麼？」

「不會游泳。」

「那我幫妳借泳圈啦，那邊也有橡皮艇。」

我說我考慮一下就掛掉電話了，正想說管他要怎樣時，隔不到兩分鐘，他已經來敲門了，看來剛才是在公寓門口的公共電話打來的。

「沒有時間了啦，現在就要出發趕到明石，快點快點。」

阿剛今天的心情也很好，一副我也決定要去的樣子趕著我：「快點收拾行李！」

我把阿剛推到門外，叫他到樓下等。我才沒有辦法讓這個好奇心旺盛、機伶的男人有機會踏進來，仔仔細細地觀察我的生活。如果是五郎，我會讓他進到我房間，因為他什麼也不會看，就算看了也不會胡想猜測、想些有的沒有的，但我想阿剛就會東翻翻棉被、西開開廚房裡的垃圾桶，看看我都跟誰睡、吃什麼，鉅細靡遺地將整個屋內看過一圈。換句話說，這男人給我的感覺就是生命力旺盛到爆表，好奇心橫流。

結果我還是得去，只好急急忙忙地將比基尼、素描簿、化妝品塞進旅行包裡就下樓，看到阿剛正站在車子旁邊，得意洋洋地跟樓下的管理員伯伯介紹他的車子。今晚的車子不知為何會是這種令人害羞的螢光粉紅，或者更正確一點的來說是桃粉紅色。

阿剛一臉滿足地接下我的包包，往後座一丟，讓我坐上副駕駛座，最後自己也把上衣脫了往後座丟去。

「這部車的顏色不一樣吔。」

「笨蛋，連款式都不一樣了。」阿剛高興地笑著。

「啊啊，乃里子你喜歡嗎？瞧妳傻的，這部跟上回的那部積架不一樣，是愛快羅密歐。哦，我都快咬到舌頭了。」車子非常流暢地動了起來，我也就這樣不知不覺地被迫配合著阿剛的步調走。阿剛邊駕著車邊問我：「妳知道我現在想做什麼嗎？」

「尿尿？」

「答、錯、啦。我現在想要撲倒乃里。」不知是不是因為在說這些蠢話的關係，當車子正要轉進上高速道路的引道時，不知為何車子不偏不倚地撞上路邊的一塊大石頭，把我們都嚇了一大跳。

「可惡！」阿剛大吼。他把車停好後趕緊跳出車外去查看，我也跟著下車。一看，車子的左前方凹了一個洞，真是太不可思議了，不過是稍微從旁邊擦過，就整個凹進去，原本看起來是多麼閃閃發光又帥氣，竟然像玩具車般不堪一擊。

「這個……」我端詳了一下車子損傷之處，試著要安慰阿剛，「拿鐵鎚從內側慢慢敲，應該很快就修好了吧？」說得連我都覺得好像真的辦得到。

阿剛嘿嘿笑了一聲。

「敲完妳可以再拿熨斗把它燙平。」

「或是掉漆的地方我幫你用油漆筆補一下？」

「吵死了！」阿剛非常不爽地咂了一聲，火冒三丈地查看了車子一圈，還以為他氣得要踹車一腳了，臉上表情非常嚇人。他想把石頭推到路旁，但那可是大到得用抱的大石頭，我上前想幫忙，他怒吼了一聲「走開！」便自己一人將那石頭移到一旁。

「看來修理得花不少錢吧？」

「五、六十圓跑不掉。」

「哦，那還好啊。」

「妳是笨蛋嗎？這要花上五、六萬圓啦！」

「幹嘛這樣對人吼啊，討厭鬼！」

阿剛這才稍微收斂了一點。真是任性的大少爺，出了事就對旁人亂發脾氣。之後我們一路都不怎麼說話，車子一路開上高速公路抵達明石，搭上渡輪。

天色還很明亮，海面上是黃亮亮的太陽光照耀著，今天天氣很好，遠方神戶的街道都清楚可見。從明石出發，到淡路島的岩屋只要三十分鐘。但是阿剛一路上不斷碎念著「啊啊，氣死我了、氣死我了！」一直黏在車邊跟那些聚集過來看這部車的男人說話，讓我覺得很無聊。

阿剛說對男人而言，車子被弄傷的感覺就像是「黃花大閨女被強姦了」，真的是夠了，誰教你自己開車不注意路況的？他頻頻在口中念著：「可惡，這部車才開過兩次而已。」

一抵達岩屋我們便繼續往淡路島前進，中途駛離了鋪設柏油的平穩道路，往山裡走去，此去一直到播磨灘那一頭都是走橫越整座島、凹凸不平的產業道路，經過悠閒的鄉下地方。在夕陽的微光下，天色還未暗時，終於開上一條沿海公路。穿過漁港後又往高處駛去，直至一塊像是別墅區的地方，幾間豪宅在松木林間隱隱若現，阿剛的車子停在其中一間，他下了車去開門，又回到車上把車開進門，又下車去關門，一陣忙進忙出之後，終於帶我進到這棟有著三角型屋頂的別墅。這是棟保留木頭原色、採光好、空間大的建物，我正想好好看看這間房子時，阿剛已開口催催我：「總之到太陽下山前先去游一趟吧，用海水把壞心情洗乾淨。」

「那，房間在哪裡？我想換泳衣。」

「在這裡換不就得了？」

「那你不要往這邊看。」

「我才沒時間看你咧。」

阿剛才一轉身又轉過來的幾秒鐘，已經脫得只剩下泳褲了，然後就光著腳在屋子裡走了一圈，找到一個咖啡色、又大又結實的泳圈給我。

海就在從偏房後山的山腳下，那裡有著美麗的淺灘。

阿剛甩甩手做好熱身運動，說了聲「我去游一下就回來」便朝海裡走去。

感覺浪很大，海邊散落著紅色塑膠水桶、可樂罐，看來白天有不少遊客來玩，遠方還有兩、三個年輕男女的身影。

這片海真美，這位在西岸的播磨灘還沒受到人為的污染。若可以選的話，我覺得夕陽時分，遊客都已上岸離去的海水浴場比較好，因為我不會游泳，戴著泳圈的蠢樣在這個時間比較不會被看到。老實說死命抓著一個巨大的泳圈在淺灘上划水真是難看極了。我將泳圈掛在腰際，朝海裡走去，但走沒幾步路就被又大又強的海浪給打到，跌坐在地，下一秒鐘泳圈被沖走，很快地又一陣浪襲來。

2

我用力地喝了一口海水，好嗆！當下毫無危機感，完全沒心理準備，腦中才剛浮現「應該不會吧……」便呆呆地看著一切發生，下一刻想到「啊！危險……」並掙扎著。人在溺水時，大概只會想到「怎麼會這樣……」然後就沉下去了吧。我也是，但岸邊明明就近在咫尺。

不知是誰抓住了我（背上比基尼的釦環），然後一把將我橫抱起，讓我緊抓著。海水又再一次淹過我鼻子，之後臉就已出水面了。我被帶離水裡，對方撐住我，雙腳踩在海灘上，像隻龜孫子。

我以為是阿剛，定睛一看才發現是完全不認識的男人。我咚地一聲跌坐在海灘上，手撐著地，吐出海水。男人再次往海裡走去，將被沖走的泳圈撈回來給我。

「沒事了，沒事了。」說的人不是我，而是那男的，似乎在為驚魂未定的我打氣。

「那邊水比較深，小學生是禁止在那處玩水的。」

「謝謝您。」

「我看妳還是別再下水了，今天的浪很大。」這個時候，阿剛趕來了。一看到他的出現，我突然氣力全失，雙腳癱軟。

「怎麼了？」

「她差點溺水。」

「這個阿呆。」

阿剛與男人對看了一眼笑了出來。

「這是隔壁的水野先生。」阿剛為我介紹，原來是隔壁棟的鄰居。

我被阿剛及水野先生兩人撐著，像是兩手吊著般走回去。兩位男士走得很快，阿剛借我穿的夾腳拖滑落，掉到斜坡下，我大叫：「拖鞋掉了！」阿剛輕敲了我的頭一下才去撿回來給我。

「孩子們也都一起來了嗎？」阿剛問。

「他們說今天補習班要考試，就先回家了，我太太當然也跟著一起回去。」他在「當然」二字說得特別用力，用一種成熟男人特有的緩慢語調。

「所以被拋棄了。」

「每次都這樣囉。」

阿剛與那男人說完都笑了。在各自返回別墅的叉路口，豎立著一盞水銀燈，我們在此道別。

「有空過來玩。」男人說完，便一個人叭噠叭噠地往他的別墅走去，那房子周邊樹長得茂盛，只看得到屋頂的一部分。

阿剛抱怨我幹嘛呆望著人家，我則回他為何沒注意我的狀況，不過我們也只是愉快地拌個嘴而已。

「這裡差點就要成為已故乃里的最後所在地。」阿剛說，他已完全忘了車子的事。我們兩人一起去沖澡，完全裸程相見。我本來想泡澡的，但因為阿剛說：「那些女人不在的時候，沒人會用那浴缸泡澡。」我便作罷了。阿剛似乎對於要去搞那些瓦斯、電力開關的事情感到麻煩而不想做。他口中的「那些女人」應該就是指他母親或妹妹或是妻子，也就是家裡的女眷吧。

我從開著的窗戶看出去，天空已被染成一片淡紅色。

「啊啊!都忘了要去看落日!」阿剛拍了我的屁股，我們趕緊穿上衣服往後山的小路奔去。一路上低矮的松林（大概為了適應強風，樹根像是匍伏在地上般地張開如網）連綿，綠草豐榮，突然抵達崖邊，視野所及全是廣闊的群青之海，毫無其他遮蔽的播磨灘上，大得令人難以置信的赤紅夕陽正一吋一吋地融化著，超乎想像的，美麗景色。

「好漂亮喔！」我雙手掛在阿剛的脖子上一躍跳到他懷中，他也開心地輕輕地吻了我。

回程的路上天很快就暗了下來，我們加緊腳步，風聲在耳邊響著。海岬的另一邊好像有露營地，有人的聲音隨風傳來。我們倆互相摟著對方的腰，貼著身體走。我對這個男人沒有辦法，我想。他既不會跟我結婚，我也很清楚自己不過是他眾多外遇對象之一，因此我也無法用心地與他交往。不知是不是因為這樣，跟他在一起時，總覺得彼此的氣場很合。他雖然很愛現自己有錢，還一付瞧不起別人的樣子，十分惹人厭，但我們卻能合得來，我想這一點阿剛自己也有感覺。

這裡的廚房也是木質裝潢，使用起來非常舒服，雖然比山上的別墅小了點，但因為是新建的，比較舒適怡人，也較乾淨。

我再次利用廚房裡原本就有的罐頭、冰箱裡的培根等做了些菜端出去，看到阿剛正打開我的素描簿，原來他在畫我。圓扇般的大圓臉上畫三個點，就是眼睛跟鼻子了，像是一顆西瓜切半再切半的楔型便是嘴巴，嘴角有個漫畫常用的對話框，裡面寫著：

「好想快點上床」我噗哧地笑了出來。嗯，跟阿剛在一起時，就不會有跟五郎一起時的那種焦慮煎熬，總是開開心心的，時間過得很快。

這裡沒有刀叉，於是我們用筷子吃飯，此時電話響起。

「如果是美美說我不在。」我嘟囔著。

阿剛把餐巾往桌上一丟，走向窗邊去接電話。這棟別墅的內部裝潢全選用不上漆，保留木頭原有紋路的木材為其特色，甚至連餐桌、椅子也都是整套搭配，使用同一種木材、作工精細。阿剛接電話的窗邊有一套與牆壁一體成型、特別訂製的沙發，沙發上的長墊跟地板上鋪的地毯選用同一款色，是如海洋般深邃的藍。

「嗯，這樣啊……」阿剛與電話那頭的人說著，然後他遮住話筒朝我丟了一句：「乃里，有一個女生要過來跟我們一起玩可以嗎？一個很有趣的女生……」

「還是我先走好了，你有事的話。」

「臉不要這麼臭嘛，三個人一起玩啊。」

「你叫她來呀，你愛叫誰就叫誰呀。」我站起來大吼。

「你要不要把全大阪女生都叫來！大家齊聚一堂開個謝主隆恩的party吧，你這個花心鬼！」

「妳不要這麼生氣嘛，好大聲喔。」

阿剛又對著電話窸窸窣窣地說著，電話那頭的女生應該也聽到我在發飆了吧。

我走到戶外的陽台上，眺望著一片黑暗的大海及海岬上的森林，空氣中飄著濃濃的海潮味。獨處於這樣的黑暗之中，彷彿有種漂流在海上，很深很深的孤寂感。再這樣下去，年輕歲月很快就會揮霍殆盡了——我望著星星這樣跟自己說。

讓女人想回家的男人是不及格的。明明還在約會中，特別是這女的還滿心期待著兩人上床前的親密時光。

我抱著五分之四準備要一個人回家的心回到房子裡，現在不論是大海或是這棟有如森林裡的小木屋般漂亮的別墅都引不起我的興趣了。

阿剛講完電話，朝我走來，討好地說：「我已經拒絕她，誰都不會來打擾了。」

「……」

「來吃飯吧，還是妳想先上床？」

「都不要，我只想回家。」

「不要這樣說嘛，敗給妳了，有什麼好生氣的啦？那傢伙，我才不會讓她來呢。」

「……」

「妳這麼生氣，我都不敢跟妳說話了，拜託啦，原諒我。」

「……」

「不然為了向妳賠罪，把我的身體送給妳，隨便妳愛怎麼蹂躪都可以。」即使他都這麼說了，我還是不為所動，他沒輒了，於是提議：「不然我們去隔避的水野先生家玩？」

「好！」我心情馬上轉好。

我們帶著手電筒出去，一路上有被路草遮蔽著的石階、再不然就是懸崖，可說是步步驚心，我緊緊抓著阿剛的手臂走。阿剛手上提著一瓶已開過喝了一點的黑標Johnny Walker，雖然也還有全新未開封的，但他說帶開過的去比較好。這一點，不得不承認他還滿有品味的。

水野先生的別墅架在高台上，大概是這塊地有點坡度的關係。我倆齊聲喊了「晚安！」窗戶的燈便開了。剛才見過的那男人從玄關走了出來。

「歡迎……」

「您睡了嗎？」

「沒有，在看書，正覺得有點無聊呢。」

「我們也是，所以就跑來打擾了。」

「奇怪，兩個年輕人在一起怎麼會無聊呢？」男人邊笑邊帶我們進屋子。

這是間沒有隔間，全開放式的屋子，四處都有小孩的氣息，有捕蟲網、兒童繪本散落在地板上、角落裡還有一大疊厚厚的兒童漫畫週刊。

我至此才第一次從正面看到剛才救我的男人。長相平凡、正經八百的表情、結實的體魄，沒有特別讓人感到瀟洒或是引人注意的特殊之處，給人一種沉穩的感覺，而非機靈活潑，我想也許是歲月在他身上展現的成果吧，散發著一種奇妙的龐大而沉靜的氣息。大多數的男人只要被放在有家庭生活味的場所中，就會沾染上那樣的氣息，成為「家中成員之一」，而不再是「一個男人」。

然而這男的卻讓我有他是「一個男人」的感覺。話雖如此，那也只是我的直覺，但也在這層意思上，我對這個名叫水野，看起來約四十六、七歲的男子，持有好感。

我們從「剛才真謝謝您」開始，一路聊到這一帶海域、魚類、祭典等話題，冬天這裡盛產烏魚，所以前方有個觀測魚群的小屋，還有美味的章魚、顏色非常美麗的櫻鯛（櫻花盛開時節也剛好是盛產期的鯛魚，因而得名）。

「您在這裡出生的嗎？」我問。

「不是，我是播州人，我太太的娘家是洲本，只是我的興趣是攝影，常為了拍照來到淡路，這是個有很多祕境的島嶼，還有祭典也是鄉下地方比較精采。」男人說話的語調溫柔適中，是悅耳的大阪腔。

「人形淨瑠璃也是淡路獨特的文化產物。」他說找一天帶我去村裡看戲。我轉頭看阿剛，發現他正打了一個好大的呵欠，大到下巴都快掉下來了。

我們見酒已喝完一瓶，便起身說該走了。男人體貼地說：「要不要帶個手電筒照路呢？」

「有，我們來的時候已帶著了。」

從這家到那家，帶著手電筒互相拜訪，彷彿是魯賓遜漂流記裡的生活一景，很珍貴且有趣。

「這棟房子看起來像個外觀還不錯的流放者之家吧。」男人笑著送我們出來。

回來後，我們又沖了一次澡，開著紗窗，外頭吹進來的風已讓人覺得寒冷。

「那男的是做什麼的？」

「不是很清楚，好像是賣些女人家用的小物之類的，沒聽過的公司。」

「是喔。」

「家裡看來真寒酸。」阿剛真是狗嘴裡吐不出象牙。

「是嗎？但我覺得他人還滿有趣的。」

「是喔？完全感覺不到。乃里只要是看到新的男人都會有興趣吧，真令人生氣。」

「愛吃醋。」

「對啦，我就是愛吃醋。」在寒涼的海風吹拂，躺在涼涼的床單上，男人的手撫摸著我滑順的肌膚，那感覺好舒服。我果然還是無法討厭阿剛，這個讓我感到舒服自在的男人。

「看來我有點太迷乃里大人了，一下子把招數都用光光。」

「才第二次而已吔。」

「感覺我們已經在一起好幾年了，慢慢地深陷其中，無法自拔。」

「你會溺死的。」

「真的。」

這些，算是情話吧。就算是演戲，我跟阿剛也能演得天衣無縫、默契十足，所以才會愈來愈喜歡他，都忘了他有好多缺點。

「啊！春宵一刻值千金，快開始！」阿剛的話把我逗樂了，他還真的很喜歡做那檔事，真是的。

「每一回合都要使出不同的招數。」

「可以不用這麼費心……」

「總覺得跟你在一起都像是第一次。」

他就像夢魔（註一）般鑽進我的身體，緊緊貼著我，帶領我一同起伏，他像是祈禱似地將臉埋在我的乳房之間。我們都流汗了，美麗的汗。

今晚，阿剛說了奇怪的話。

「說不定乃里大人已經對我感到厭煩了。」不像他會說的話，真令人不習慣。

「但是我卻愈來愈喜歡妳了。」阿剛呻吟著，我心中湧上一陣憐愛之情，這個如橡樹般強健壯碩，彷彿殺也殺不死的大男人，竟然會讓我覺得很可愛，倒是第一次有這樣的感覺。

註一：夢魔為西洋傳說中，出現在人的睡夢中之惡魔，會誘惑姦淫人類，以吸取其精力。）

3

早上醒來時，阿剛已不在。

海風從開著的窗戶如潮水般湧入室內，吹動蕾絲窗簾，帶來些許涼意。

「阿剛！剛！中谷少爺！」我在屋子裡到處走四處呼叫。

走上二樓，這裡有兩個房間，將原本關得緊緊的窗戶一打開，（理所當然的）有絕佳的景觀，是一望無際的海，還看得到遠處，位於江井的漁港。

房間裡有個小而樸素的衣櫃，打開抽屜，裡面疊放著摺得整整齊齊的床單與枕頭套。女用的浴袍、沙灘涼鞋以及毛巾布披風等等，就直接扔在椅子上；垃圾筒裡丟著防曬乳液的空罐；化妝台上有一大瓶瓶身畫著鈴蘭的古龍水，還有罐好聞的爽身粉。

有條粉紅色手帕掉在地板上，它散發著這是我家，我愛怎麼用就怎麼用的主人遺留下來的物品特有的傲慢，應該就是阿剛的妻子或母親、妹妹之類的女眷用過隨手一丟，不像是隨便打個電話就能邀到的女生（包括我在內）留下來的東西。

這一件一件的物品都指著我說：「小姐妳哪位啊？這裡不是妳該來的地方吧！」

我被自己的想像傷害。

昨天夜裡我跟阿剛合為一體，真的是分不清彼此的水乳交融，我覺得我是喜歡阿剛的，然而才過了一晚（我喜歡「過了一晚」這幾個字，跟倒看世界一樣，可以讓人將世界觀反轉）竟然就讓我的冷靜理性都歸位了，真是不可思議。

我走到外面，門外也看不到那部讓人覺得有毒的桃紅色跑車，換句話說，阿剛自己一個人開車走掉了。

我原先想，他是不是把車開去修理了呢？沒特別在意，但若是如此，至少也留句話給我吧，而且也不用急著一大早就趕到鄉下地方的修車廠去敲人家的門，所以應該是什麼急事先回去了吧？

但是他的東西都還在，證明他還沒有走掉，也不像是去游泳了，他跟我的泳衣，昨天晚上我洗好，還晾在院子裡。

我洗洗臉，簡單化個妝，把頭髮紮起，換上一件棉質洋裝便出門去，看看他是不是去隔壁了，雖然去隔壁不需要開車。

已經八點，外面早已太陽高高掛，暑氣開始發威。

水野先生正在廚房裡料理魚，只見他拿起菜刀俐落地剖著魚。

「我一早去鎮上買了魚回來，這是住在這裡的樂趣之一，打算中午弄些魚來吃。」

「這是鯛魚嗎？好大隻喔。」

「嗯，我請妳吃飯吧。」

「我的搭檔不知去向了，有沒有見到他呢？我想說他也一起來給你請客。」

「妳的搭檔啊。」他不笑地回答，處理魚的手不曾停歇。

「一大早就開著車出門去啦，五點左右聽到車聲，妳不知道嗎？」

我不知道。天快亮的時候我睡得正熟，就算被人搬走也不知道。

「那早知道就把妳搬走囉。」男人說。手一邊不停地將生魚片整齊地擺在盤子裡，是通透的、帶著淡粉紅色魚皮、如藝術品般精美的鯛魚生魚片。

「哇，看起來好美味。」

「一早起來吃這個也不錯，這魚跟冷酒很搭，要不要試試？」

但我有些遲疑。阿剛到底去哪裡了。

男人（似乎該稱他水野先生，但是我對這個男人所知甚少，無法如此輕率地就叫他的名字）終於放下手中的刀子，將裝有生魚片的盤子仔細包上保鮮膜放進冰箱裡，片下魚肉的骨頭、碎肉等也另外裝起來，放進冰箱上層。

然後，我這才看到，他今天穿著淡奶油色的，透涼的夏威夷襯衫搭配長褲，褲腳隨性地捲起。他的眼睛雖不大，卻很美麗，當我們四眼相對時，感覺被他看透、直達內心。那是如槍般具攻擊性的雙眼，要是那眼睛噠噠噠地射出子彈，手無寸鐵的我一定很快就被射穿。我會這麼想，應該是已經有預感會發生什麼事情了吧。（後來我才知道，這男人在當地是有名的花花公子。當然，那時的我並不知道。）

不過，視線所及之處，這男人除了那銳利的雙眼之外，毫無特點。不過偶爾一笑——譬如說，當我找不到話題可說，只好微笑以待時，他也會回我微微一笑——那性感、漂亮的嘴形，如春風少年般的笑容，露出潔白、整齊的牙齒。

他的身高比阿剛稍矮些，厚實的臂膀跟阿剛不相上下，我竟然呆呆地幻想著，阿剛跟這個男人要是徒手搏鬥的話，不知道誰會贏。男人有點O型腿，從兩腿到腰間看上去給人一種強而有力的感覺，要是堅持一下，說不定會是他贏，即便他的年紀較長些。

「我臉上有什麼東西嗎？」男人為我沖咖啡的同時，聲調低沉地說道。

「哦，沒事，你身上的夏威夷衫看起來好清涼。」

「真的很涼爽喔，香蕉纖維做的。」

「原來。」

「這在菲律賓買的，觸感也很舒服。」

「是嗎？」我伸出去去摸，沙沙作響，感覺很通風，我竟然（不再想阿剛到底去哪了）好想讓五郎穿這件涼爽的襯衫，一整個就像家庭主婦的心態。

男人直接穿著這襯衫。他的肌膚以他的年紀來說，算是很緊實、堅硬，說不定他比我想像來得年輕。

我與他面對面坐著喝咖啡，對面的牆上掛著一幅油畫，畫的是這一帶的海景，海岬的對面正是落日，就是昨天傍晚我們去的那個海岬。這畫雖不精細，卻有種天真，用色明亮樸素。

「這畫好可愛。」我說。男人點起了菸，一邊問我：「這是我女兒畫的。妳也喜歡畫畫嗎？」

我不知該如何回答，我稱不上是畫家，但也不能說我不喜歡畫畫。男人起身說：

「那我們去游泳吧，回來再過來這裡一起吃鯛魚生魚片，配啤酒或是冷酒……」

「聽起來很不錯，可是，我得去找我的搭擋。」我覺得有點可惜。

「等一下他就會自己回來了，還是去游泳吧。」

我想也是，回去換了泳裝，也不忘將泳圈帶上。泳圈已放了氣，所以到沙灘上，男人幫我重新吹氣。我其實自己吹也可以，但討厭這種麻煩事，再說，我喜歡看男人用盡全力吹氣再吸氣的樣子。但這個泳圈實在是太大了，跟昨天一樣，一下海沒多久就被沖走。

「我看我就在沙灘這邊好了。」

男人用他那銳利的雙眼盯著我看了好久。

「妳不學一下嗎？一下子就可以學會了。」

「不要，我怕嗆水。」

「不然妳不用游也沒關係啊，戴著泳圈到中間一點的地方，我扶著。」

「那你千萬不可以放手喔。」

海邊有很多年輕的男男女女，似乎沒有小學生或小孩子等初學者，這些人大概是住在海岬那邊、森林深處的海濱，對這一帶很熟的當地人，或是到別墅渡假的人吧。

我跟著男人到海裡，他走路的樣子，帶有種確信，跟阿剛迅速確實的腳步，或是五郎舉手投足間略顯憂鬱的模樣都不同，那是種透露著，這樣做是最好的，沒有其他選擇餘地的動作，這點十分具有魅力。

我跟他一走到較深的海裡，便緊緊抓住泳圈，而男人則是邊游邊推著我的泳圈，讓我完全沒有一點的不安。天空中浮著夏日的白雲，撒下白熱得令人睜不開眼的陽光，海水溫柔澄澈，溫度正好，清涼舒適。來到這裡已經不見小船或快艇，可以看到遠方有漁船駛在近海。男人慢慢地划著水，也不忘持續推一下泳圈，讓我有種是自己在游的錯覺，不時划划水假裝一下。

「還滿有模有樣的嘛。」男子抬起被水濺溼的臉笑著說。

「該回岸上去了吧。」我急忙說。

「還沒還沒。」

「不，該回去了。」

「再往前游一點。」男人邊說邊往海中游去。然後，他放開手，我嚇得臉都青了。

「啊！」地叫了一聲，死命地抓著泳圈。

所幸海上的浪不高，我放鬆身體隨波逐流，但心裡的恐懼仍無法消解。我抬起頭來望向男人所在的地方，想著要是他不管我了，該如何是好。現在他可是脫離了我這個拖油瓶，十分輕鬆寫意，一下像水鳥般潛入水中，一下又將頭浮出水面，玩得不亦樂乎。那樣子在我眼中，非常性感、美麗。在電視上看到那些游泳選手拚了命地划水，執著於名次的樣子讓人不忍卒睹，但這男人看起來卻是十分享受與水共舞。

「好、可、怕」我快哭出來了。男人馬上游過來，伸出手抓住泳圈。

「會怕嗎？那我們回去吧。」

也許不需特別強調，但這男人十足的紳士氣度令人安心，雖然他一度讓我懷疑為何要把我帶到水這麼深的地方來。單身的男人全都是如狼似虎，雖然他可能也同樣這樣看我。

上岸後，我跟男人道謝後，回到阿剛的別墅去，阿剛依舊不在，已經上午十點了，幽靜的庭院裡，蟬大聲叫著。我沒辦法，只好梳洗完畢又再去隔壁敲門，這次我把門也鎖上了，因為聽了男人的建議，他說我若有鑰匙，還是把門上鎖比較好，雖然不常有事，但偶爾也是會有在旁邊露營地的年輕人迷路闖進私人住宅裡。

「我在隔壁。N」我寫了張便條紙挾在門下，因為怕阿剛從外面開車回來沒鑰匙，但說不定他身上帶著備鑰。

男人在家等著，再次穿上香蕉纖維的襯衫，薄如仙女羽衣的襯衫衣襬上有淡淡色彩畫的椰子樹。我肚子很餓，忍不住期待他做的鯛魚生魚片。他在桌上擺著已冰得透徹、看起來十分美味的生魚片。

「人究竟為何而生呢？」男人問，我沒回答。

「為了吃好吃的東西。」

「但是食物卻會帶來汞中毒或是PCB。」

「游個泳出個汗就能把毒都排掉了。」

我在一旁等著，男人為我擺上成套的盤子及另外一套的餐具，這種用法我倒是第一次碰到。

「我從學生時代就很習慣下廚。」

「所以才這麼會料理魚？」

「我以前在魚店工作過，戰爭結束後去打工——帶著醃魚去到京都的祇園、木屋町一帶去賣，算是黑市買賣，很好賺，而且一下子就全部賣光光。」

「那不就賺了很多錢？」

「如果是的話就好了，可是那時大家都沒錢，只能換酒喝，結果只有酒量變很好而已。」我們乾杯。男人做的燉魚雜非常好吃，但如果阿剛也在的話，一定會更開心。

「妳跟中谷先生的兒子很熟嗎？他是中谷鐵工的大少爺吧。」男人問我。

「也沒認識那麼久。」

「所以只是普通朋友。」

「嗯嗯，普通朋友。你知道他太太是怎樣的人嗎？」

「不清楚，因為一年也只見過幾次而已——倒是滿常有年輕女孩出現，很熱鬧，應該是他們家千金的朋友吧，他們家好像有幾位千金。」這次換我說我不清楚了。比起那些事，我的注意力完全被這彈口、爽脆的美味鯛魚給吸住了。我邊吃邊想到要打電話回阿剛的別墅那邊：「可以借一下電話嗎？說不定他已經回來了。」但依舊還是沒有人接，不過好像也不意外，要是有車子回來了，會經過男人別墅前的道路，應該聽得到車聲。男人直盯著我看，我想他應該比我知道更多關於阿剛的事。「你知道阿剛去哪裡了？對嗎？」

男人將冰過的日本酒倒進葡萄酒杯裡，沉默了一會兒。

「那個人今天早上開著車去到江井的旅館了，我一早要去漁港買魚的路上碰到他。」

為何要去旅館？想不通。

「我想，應該是有女人在那裡等他吧。三不五時會有這種事的，妳不知道嗎？他還滿受歡迎的。應該很快就回來了吧，不再喝了嗎？」

「不，我要喝。」我放下筷子，一口乾了啤酒，

「通常這個時候，被丟下來的人會怎樣呢？」

「生氣、坐上從市區叫來的計程車揚長而去。妳若要回去的話，我可以送妳，但在

那之前，何不先享受美食，好好地喝幾杯，然後睡個午覺再回去呢？」

我不反對，只是回頭想想，我好恨阿剛，明明昨天我們是那樣地熱烈。男人就是賤。

4

在這男人面前，我為自己感到可恥。他一定認為我是那種腳踏兩條船的輕佻女人，只是有錢人家的任性公子隨便玩玩，眾多女伴中的一人吧，我推測著他的心情。另一方面，在我心底，還是擔心著阿剛是不是有什麼突發事件，連跟我聯絡的時間都沒有，得趕去處理之類的，但這樣的推測很薄弱，應該就像這男的所言，在鎮上的旅館裡有別的女人在等他，天還沒亮他便出門趕去與對方見面，（很遺憾的）還比較像是阿剛會做的事。再加上昨天晚上的那通電話，總覺得就像是在玩填字遊戲一樣，一個字一個字慢慢填入正確的空格裡，一切就都連起來了。

很難說，我理解了（雖然根本就不難理解），只是無論如何都無法接受的是男人竟然可以前一刻還那樣子跟妳掏心掏肺、水乳交融，轉身又可以想起別的女人，下一秒又是精力十足地從床上跳起來，朝別的女人的懷抱奔去？

島上，二神結婚生下來的便是淡路島，也因此在那島上的一宮町有間名為伊弉諾神宮的古老神社，妳去過嗎？」

「沒有。」我哪來的空閒時間吶，跟阿剛在一起時，我們只想著要上床而已。

「在日本神話之中，伊邪那岐、伊邪那美的結合被視為人類最早的婚姻。」啊，這個我就知道，至少到此為止還聽過，只是那些用長矛去拌水泥之類細節就不清楚了。伊邪那岐身上有多的部分、而伊邪那美的身上則缺少些什麼，身上些缺陷，於是二神互相商量該如何是好，感覺他們是非常單純簡單，如同未受污染的少男少女般天真，跟聖經裡的亞當夏娃不同。

我想起來了，萬一男人問我「你知道伊邪那岐身上多出來的是哪裡呢？」、「伊邪那美因為缺陷而破了一個洞的地方在哪裡？」我會很尷尬，因此默默無言。不過男人跟阿剛不一樣，不會說這樣的話，關於伊弉諾神宮的事，他接下去說了：「可以去一次看看，我可以帶妳去，那裡有一種很少見的粥占卜，可以測出當年的農作是否豐收……妳是不是想睡了？」我正覺得男人說話的速度好快，看來是我喝醉了，好睏。男人溫柔地說：「想睡了吧，游完泳又吃飽喝足，我也常在中午喝過酒後小睡一下的，妳就睡吧。」

「嗯，那謝謝你的招待。」我正要站起來，

「就在這兒睡吧，那張沙發可以倒下來變沙發床，是準備給客人用的，我上樓睡。」

男人將沙發椅背放倒，攤成沙發床。這座說不上是真正的床——既沒有床單也沒有枕頭，讓我放下抵抗，以抱枕當枕頭來用，「那我就睡一下。」才躺下沒多久馬上就陷入深沉的睡眠之中。涼爽的風伴隨著海潮的氣味，好舒服，那真是千金不換的一次睡眠經驗。醒來時，一度忘了自己身在何方，不過一下子就會意過來了。為了不吵到二樓，我掂著腳走出房子。外頭陽光正炙，夏蟬吱吱叫聲響透雲霄。阿剛的車子仍不見蹤影，我回到他的別墅裡，還是老樣子，阿剛還是沒回來。看了時鐘，已經是下午兩點了，會不會在我去隔壁的時候，他從外面打電話來過呢？那又如何，我已經不會再跟這種男人見面了，我像個笨蛋一樣哭了出來（這是一種莫名奇妙的眼淚）。

我洗了把臉，化了妝後換了衣服，拿著自己的行李出門，也把那張「我在隔壁」的紙條給撕了。

為了託付鑰匙，我又來到隔壁。男人已起床，邊喝著熱咖啡，望著海。日正當中，這房子也熱得很。

「不好意思，中谷家的鑰匙可以寄放在您這邊，有人回來的話幫我還給他好嗎？」

我先謝過他讓我在他家休息之後，又拜託他這事。

「妳接下來打算怎麼辦呢？」

「可以幫我叫計程車嗎？」

「運氣好的話也許叫得到，有時候得等上一小時才有車，但至少是會來的。還是我送妳到有車的地方去好了，妳可以到那裡再換搭計程車，或是時間剛好的話，也有到岩屋的巴士，從江井到明石也可以搭船，只是常取消班次而已……」我就順著男人的建議，請他送我到鎮上可以招得到計程車的地方。

「不好意思您正在渡假，還讓您費神。」我才說完，男人將咖啡杯放在盤子上，微微笑著，但是卻沒說明笑的理由，那不是無意的、禮貌性的笑容，而是若有所思、似有意涵的笑。

男人的車子是白色的國產車，並不是很大，後座散落著（連這裡都是）小孩子的帽子、漫畫，連車子裡都是滿滿的家庭味，但即使身在此間，男人還是沒有失去原有的男人味，也因此讓我愈來愈喜歡與他在一起的感覺。

車子從滿是森林的高原往山下走，車道兩旁便是茂密的樹林，不時有樹枝掃過車窗，穿過這一段之後，路面豁然開朗，變成單行道。一進入江井的鎮上，空氣中飄散著濃濃的香氣。

「這裡是線香的產地，也是全日本線香產量最大的地方。」男人點著菸說著。「這個島上有個很浪漫的祭典，二十年才一次，是弁天神出巡淡路島上所有村鎮的祭典，因為要走遍全島，所以要等很久，而且二十年才一次，一生當中只會碰到三次或四次。祭典的時候，會有露天的淨瑠璃戲上演。」

我按住男人握著方向盤的手，因此他突然停住了話題，車子也放慢了速度。前方可見一部桃紅色的車子駛近，不在乎超速，咻地一下就從對向開過，從我們剛走來的地方駛去。

車上的駕駛雖然戴著太陽眼鏡，但確實是阿剛沒錯，旁邊坐著一名戴著白色帽子的年輕女子，因為只有一瞬間，沒看到那女生的長相。

男人繼續上路，接續剛才被打斷的話：「祭典時會有神轎出巡，漁港的祭典很漂亮，像是畫一樣，村中的年輕男子都穿著一身白，划著弁天神的座船出海，打著超大漁旗的數十艘船在海面上一字排開……」

我雖然覺得很累不想回應，但還是禮貌地說：「感覺很壯觀呢。」但我的心已碎。男人說的沒錯，阿剛真的是從床上溜走後去見那女的，他是打算回到別墅接我，然後三個人一起回去嗎？

但說不定那女的是阿剛的妻子？若是的話，我該怎麼面對那場面？我陷入自己的想像中。我是在知道阿剛是這種男人的情況下還跟他來往，但事到如今才想到為何要讓自己承受如此的傷害。

男人在江井的鎮外一間農家前面停下車來，說他有點事要辦，讓我在車上等一下。我雖然想早點離開這座島回家去，但也不好意思開口。剛才有一部計程車經過，但車上已有乘客，但至少這裡已經可以招得到計程車了。

男人下了車，我說我在這裡招計程車好了，他說那他把車停好，再去跟農家借個電話，於是又進到農家去了。這一帶的氣氛很悠閒，空氣中也飄散著線香的香氣。對面有學校校外教學住的宿舍，看得到很多剃平頭、曬得黝黑的小男生——大約小學五、六年級在那裡進進出出。

男人叫我——但其實昨天阿剛只介紹了我的姓氏。

「玉木小姐，車子大概三十分鐘後到。」還問我在車子來之前，要不要看看這裡的農家做的淨瑠璃人偶，據說這家去年剛過世的爺爺從前是很厲害的淨瑠璃師，不過本業當然是務農，淡路的淨瑠璃劇都是當地農民或漁民閒暇時投入的素人藝術。

我準備要下車時，心突然揪了一下。那部桃紅色的車子又再次地在縣道上快速地奔馳而過，是阿剛跟那個白色帽子的女生又折回來了。想想，他們一定是回到別墅後發現我不在，於是打算回去了，開往港口去坐船吧。我不想再見到阿剛，當男人催我下車時，我說：「不好意思我又要再麻煩您，可以讓我再到您的別墅去休息一下嗎？現在去搭船的話會跟他們遇上，因為剛才我看到他們的車子又回頭了，看來是要去同一個地方。」男人看著空無一人的道路說：「妳是說那輛消防車嗎？」很奇怪，但也因此我知道男人剛才也看到阿剛的車了。

「那就照妳說的吧。」於是他載著我，往原路開回去。幸好沒讓阿剛找到我。

「只要趕得上最後一班船的時間再出來就好了。」

「好的，不好意思麻煩你了。」

男人輕輕笑了，這次他說了為何會笑。

「妳真是與眾不同呢。」

「是嗎？」

「妳是那位小少爺（他用大阪腔說的「小少爺」三個字，帶有點揶揄的親膩）帶來的女人之中，說話最坦率的。」

我不知道這是稱讚還是貶抑，只能默然以對，不過身為女生，當然希望是前者。

「有很多女生來過，有些人會直接來敲我的窗戶，問說『大叔，可以借我開罐器嗎？』之類的，但說是借，卻從來沒還過。」

男人說的話，我笑不出來，我跟這些女孩一樣被阿剛如此對待、看輕。我並不愛阿剛，但是仍無法避免讓心受了重傷。男人換了其他話題，繼續說著關於祭典的事情，最後終於回到他的別墅。

「今天您府上的孩子是否會回來呢？」

因為剛被男人稱讚了，我也好像有義務要用些較文雅的說法，所以就算在我的字典裡有那些「該死的小屁孩」或是「狗娘養的傢伙」字眼，也絕口不提。

「星期一早上，也就是明天早上會來。我明天有工作，所以他們明天早上會到船靠岸的地方跟我會合，把車開走。」

「您家的孩子已經大到可以開車了？」

「是我太太。」男人簡單地回答。

因為天氣很熱，我們開了啤酒來喝。男人說今天下午的浪也很高，沒辦法去游泳。

說完直盯我看。

「妳跟昨天完全不一樣。」

「哪裡不一樣？」

「沒精神。」

男人坐到沙發上，我旁邊的位置，緩緩地將手繞住我的腰，一把將我攬進懷抱中。接著，吻了我。那是與阿剛，或是至今以來碰過的其他男子都不同，紮紮實實的一吻，若要比喻的話，就像是身經百戰的武士，手起刀落，一擊命中的感覺，是數十年來，習慣了身邊有女人、有家室的男人才有的，堅厚結實的感覺。

「一副受了委屈的樣子，不要這樣消沉。」

「我沒有消沉。」我在男人的懷裡，斬釘截鐵地說道。

「啊啊，有這麼多女孩過來找我，像妳這樣楚楚可憐的卻是第一次碰到。」男人說著，這次吻了我的額頭。接著，接著……接下來他的動作讓我嚇得要跌倒，這個原本是如此親切有禮、知識豐富、言行舉止都十分紳士、符合社會規範的男人，接下來展現的卻是完完全全的、普通男性會有的動作，甚至比「普通男性」更加直截了當、確實、帶有自信的、熟練的動作。

「啊，原來也有這種直接以肉體表達的求愛方式啊。」我簡直是大開眼界，這才是成熟大人的求愛方式。從開著的窗口傾洩散落的炙熱陽光，萬里無雲的藍天，濃密、厚重的樹葉閃耀著光輝。男人不再多說一句，像是施了魔法般將我身上衣服的釦子啪地一聲全扯開。這動作，老實說讓我十分喜歡。不論是藍天也好、明亮的室內也好、或是蟬叫聲也好，一切都像是世界倒過來的感覺——沒錯，原來叉開雙腿倒看世界，有這麼多令人驚豔的新奇事物。

試毒

1

醒來時發現自己裸著身體睡著了，身上蓋了一條畫有熊貓圖案的兒童浴巾。我急忙起身找衣服穿，但是先前穿來的衣服如今已成一堆碎布，散落在木頭地板上，我只好從我的行李中，拿出新的內衣褲及純棉洋裝穿上。套上衣服的同時，我注意到了水聲，尋著聲音而去，似乎來自於房子另一角的浴室。

那是一間純日式的浴室，與貼磁磚、用蓮蓬頭或是塑鋼浴缸不同，用的是木作的浴缸。透過雕花玻璃看見他似乎正在洗澡。水蒸氣將玻璃蒸出一片霧氣看不太清楚，於是我將浴室門拉開約兩公分，往裡面說了聲：「呃，那個……」我不知道該怎麼叫他才好，而叫了也不知要說什麼，說「剛才不好意思」也很奇怪，說「我該走了」也像在趕什麼，正確來說，我只是想讓他知道「我起來了喔」。

應該是要像以前的公主殿下，醒來時拍個手，或是該像西方的貴婦人搖個鈴喚來侍僕那種感覺。不過就算知道我醒來了，也沒有要怎樣，並不是要暗示說可以繼續剛才的事。

但是從那兩公分的空隙看到的景象讓我大吃一驚。男人在洗頭髮。他像個普通上班族般，很平常地在他那短（而且有些白髮摻雜其中）而直的頭髮上搓揉著泡泡、清洗頭皮，接著掐出大量的熱水一口氣從頭上沖下來。

為何我會如此驚異，因為我感受到男人將「洗頭髮」這麼日常的習慣與剛才跟我一起完成的「非常愉悅之事」擺在同一個層級，這樣的對比也顯示出男人強韌的精神狀態或該說是非凡的處世態度。

對這個男人而言，剪指甲、吃飽後喝助消化劑以及跟女人上床是同樣等級的事情，這些事都比不上吃一口冰鎮得恰到好處的鯛魚生魚片、用葡萄酒杯喝冰日本酒、觀賞淨琉璃人偶——這些事情在人生之中還比較重要，而他正君臨著這一切。我感覺從這兩公分的空隙裡看到了別人的「人生」，嚇得呆住了。

我並不是沒有跟男人（或者該說男生）一起洗澡過，看過三浦五郎沖澡的樣子（雖然只有背面），也跟中谷剛一起淋浴、還邊互相潑水、打鬧。這些時候，阿剛從頭頂將水沖下，頭髮整個貼在臉上，不知為何看起來有點像是西洋歷史教科書中那些叫安東尼或是凱薩的歷史人物，像這樣感覺的男生，我是非常清楚。

然而，現在，在我眼前的一個男人，彎著身體頭朝下沖著熱水，像是一種不可思議的生物，我說不出到底為什麼，總之，是我全然無所知的男人，他的動作給人的感覺就是，我在這世界上還有很多事情要去做，忙得很，女人只是這全部的幾十分之一。

但是他又不是那樣的拒人於千里之外。他發現我站在外面，抬起仍在滴水的頭來說：「起來啦，我馬上就好，等下換妳洗。」

之後我們聊到，男人在裝潢房子時，特地將浴室放在視野最好的地方，花了重金打造。從大片窗戶看出去是一片汪洋，而且房子位在突出的高台上，不需要窗簾或是門窗遮掩，不必擔心被外面的人看到。美麗的海面染上夕陽的顏色，從岸邊浪打得到的地方一直到近海，色調逐漸由淺到深，那漸層清晰可見，我赤著身站著觀望這片海。這間浴室比阿剛的時髦別墅來得奢侈得多，也顯示了某人對自己的喜好品味有所堅持。至少不像是阿剛口中所說的「打腫臉充胖子」。

他又再度穿上香蕉纖維做的襯衫。

「剛剛才洗的，一下就乾了。」

「你真勤快呢。」

「我意外是個行動派呢，剛才妳還在睡的時間裡，我已經開車去買東西回來了。」我完全沒聽到聲音。

「妳睡翻了。」他笑了，嘴角上揚的角度好好看。

「而且還說夢話。」

「我說了什麼奇怪的話嗎？」

「沒有很怪啦。」他邊開啤酒邊說：「妳說『這姿勢令人好害羞』。」

「騙人！」

「真的。」男人沒笑，倒是我覺得太丟臉而笑了。

「我真的說了這樣的話？」

「我何必想這些來騙妳？而且講得好清楚，我還以為妳醒來了，還問妳在說什麼，結果妳又倒頭繼續睡。」

「真的假的？」

「真的，不知夢到誰了。」

我一手撐著下巴，一手放在額頭上，把臉遮住，實在是太丟臉了啊，好討厭。

「我真的說了這句話？」

「妳睡到心蕩神馳啦，因為妳光著身體睡嘛。」

「啊，討厭、討厭！」

男人笑了，轉往廚房去拿了什麼東西放在桌上。是個藍色玻璃水壺，有蓋，一打開裡面滿滿塞著沒見過的進口的堅果，聞起來很香，感覺很好吃但我想的是別的事情。

「這壺滿好的。」

「……」

「拿來裝骨頭應該不錯。」

「女孩子都在想這些事情嗎？」

「嗯嗯，這讓我想到生意上的事。賣我設計的東西的店家也賣過上頭畫有漂亮圖案的陶壺，介紹的卡片上寫著『也可做為骨灰罈』，竟然賣得很好。」

男人點起了菸，問：「所以妳開這樣的店？」

「不，不是我的店，我只是接受委託設計商品，出些主意而已。」

「但這樣賺錢的就只有那家店而已。」

「不會啊，我也賺得到錢，他們會付我設計費或是發想費之類的。」

「這我知道。」男人喝了一口啤酒，手上把玩著打火機。

「這只能算是維生，僅能靠此維生的職業。妳得要企業化。」

「我認命，我做不來。」

「找個金主合作吧，妳的東西可以企業化經營。」

「你看過我做的東西？」

「嗯，算吧。我們第一次見面時我就想說是不是妳，而且名字也好熟啊。只是照妳現在的作法，只是在消耗自己的才華跟創意而已。找到人幫妳出資，委託工廠生產不然就是要有自己的工廠對妳比較好。」

「感覺好麻煩喔。」

「妳這樣不行。」

「我現在就已經忙不過來了啊。」

「這樣子只會讓那些狡猾的商人在妳背後利用妳賺大錢。」

「那也沒有什麼不好啊，我又不需要那麼多錢。」

「需不需要錢是一回事，生意歸生意。有能力說不需要錢的，是實際上賺夠了，在一旁抽菸納涼的人。如果不好好正視這些事，眼睜睜地看著賺錢的工作溜走，可是一種對神不敬的傲慢。」

「可是，我又不知道該怎麼做。」我坐在安樂椅上搖動椅子邊說。

「等到我需要錢的時候，你再教我賺錢的方法。」

「到時來找我談吧，我也是做類似的生意，只是我們公司比較集中在飾品上，範圍比妳做的小一點。妳之前是不是也畫畫，開過個展？」

「嗯嗯。」

男人說「妳」的聲音好溫暖，好好聽，像海浪般和緩溫柔，卻有著讓人無法抗拒，不知不覺就被帶到海中央的力量。

「咦，什麼聲音。」男人對我說。我挺身豎起耳朵，是車子的聲音嗎？我嚇了一跳。如果是阿剛再回頭，我該怎麼辦。但似乎不是車子的聲音，「停了。」我一坐下再搖動安樂椅，男人又說，妳聽。我這才發現事情原委，更用力地搖著椅子。

「是我衣服上鈴鐺的聲音，我設計的內衣有像砂粒般小小的鈴鐺。」

「在哪？」

「這裡呀。」我拉起了洋裝的裙襬，露出裡面長襯衣的蕾絲裙腳。在蕾絲花邊的裙腳縫上小小的鈴鐺，只要身體一動，就會有微微的聲音響起。「你聽。」我話才說完，男人馬上將手上的玻璃杯砰地一聲放到桌上，一臉嚴肅地朝我走來。我不知道自己做了什麼事或是說了什麼話惹他不快，一時之間慌了手腳。似乎也是因為這份緊張，我還坐在椅子上，他就直接將唇印上我的嘴。為何這種時候中年男子會突然態度大改變呢？是不是因為他很容易被撩撥的關係？

阿剛或是其他年輕男生都有類似熱身運動的過程，例如說阿剛會說說情話，再問說可以了嗎，然後將手伸到我背後將衣服拉鍊輕輕拉下，不然就是玩些「處女角色扮演」、「初夜情境遊戲」來營造氣氛，然而中年男子卻完全不同，前一刻還在討論「營生與事業的不同」過沒兩秒就一句話也不說地將我身上的衣服全扒光，簡直就是生吞活剝。

他將我輕輕抱起放到沙發床上，不知是我的腳勾到還是男人踢到，襯衣的鈴鐺又響起，而年輕男子與中年男人，或是說阿剛與這男人不同的地方在於男人竟然一笑也不笑，而是以他那如槍般的眼直與我相對望，嘴角雖揚起，但卻不是真的在笑，讓我覺得我若在此時笑了，是件很可怕的事。因為我實在是太害怕男人的激烈，下意識地做了個抵抗的動作，男人立刻敏感地察覺到我的恐懼，細語溫柔地說：「妳的身體好美，好年輕，不論第幾次看，都有一種『初次見面』的感覺。」

「這樣與你『初次見面』的人多嗎?」

「不多。到了我這個年紀，已經不太跟妳這樣年輕的人交往了，年輕朋友也許還有一些，但要一起玩的話，四十三、四歲已經是極限了。每個人不一樣，但我現在反而比較注重精神上合不合得來，年輕人大多已經不行了。所以比起『初次見面』，我還比較常跟會說『我回來了』的女人在一起。」

他老練的說詞正中我的胃口，忍不住笑了出來。他趁機親了我一下。

「妳不一樣。」

跟這個男人上床，我無法發揮任何一點新意。他是我至今遇過的男人中，最厲害、技術最好的，我完全只能順著他的意去配合，就像被萬有引力牽引著，而且十分投入，不像阿剛做到一半還會搞笑不然就是自己笑場、不正經。男人很認真地做著，但那認真並不是因為愚鈍，而是如同他結束後馬上起身去洗頭一樣，專心致志的認真。

「舒服嗎？」

「很舒服。」我滿足地回答。

「有沒有讓妳忘了那個小少爺的事情了？」

「我才不在乎那傢伙的事呢，一點也不。」

「是這樣嗎？妳從早上開始就浮躁不安，我看了都不忍。」

「騙人。」我邊笑著穿上有鈴鐺的襯衣。

「我啊，真要說，這一時的小挫折，馬上就能克服。」

「就算是失戀，也很快就忘了嗎？」

「嗯，大概是吧，可以自己消化、重新振作。」

「所以就是有辦法敲響復興的鐘聲就是了。」

「這是什麼比喻呀。」

「……」男人只笑不答，抽著菸看上去好不快活，望著海。

「今晚打算怎麼辦呢？要不要就留下來，星期一早上跟我一起回去？」

我有些遲疑。如果現在回去最瀟灑，但總有一種小說看到一半就停下來的感覺，而且還是一本很有趣的小說，或者是在一本從圖書館借回來的書上寫著「請見第××頁」，翻到那一頁，又寫著「請見第××頁」，順著指示，設想可能也許最後寫的只是「笨蛋被騙了」，但說不定寫著十分色情的句子或是猥褻的畫，正想要開始翻的時候，卻被管理員一句「要閉館了」就把書收走的感覺是一樣的。

「如果今天我留下來過夜，會有更棒的事情發生嗎？」我問，簡直像小女生在討糖吃。

「可以吃到鮑魚喔。」

我才不在意這種事，明明我想知道的是有沒有更令人興奮，像第一次那樣的事。

「當然會有，剛才只是開頭而已。」

「真的！那我就留下來過夜吧。」我開心地快飛上天了。

「不過，只有現在喔，妳明白吧？」

「什麼意思？」

「這只是一場夏日之戀，一到秋天就要忘記囉，如果妳跟我打勾勾約好的話，就留下來吧。」

「幹嘛這麼麻煩，我說不定明天就忘了，怎麼可能還留到秋天。太看得起我了。」我笑道。他接著說：「那到秋天時，我當妳的企業顧問吧，我來教妳企業經營跟混一口飯吃有什麼不同。」

2

隔天我搭一早的船離開淡路島。男人繼續留在島上等他的家人過來。他讓我在港邊下車後，旋即又回到車上，像接著要去哪裡的感覺，只短短地說了一句「路上小心」，但不忘給我一個美好的笑容，在那個笑容中似乎已將一切說盡，讓我看得出神，一回神趕緊也對他回眸一笑。

早上醒來，發現男人應該已經有些年紀了，但也說不定是曬太陽曬過頭的關係。他的皮膚透露出他是個強者，一路辛苦地穿越這漫長而混亂的世道，不論是間雜著白髮的剛硬頭髮，還是曬得黝黑的脖子上的那顆肉瘤，都讓他看來像是歷經了百年風霜。也許在比他年長的人眼中他還算是年輕人，但我的人生閱歷還無法區別四十多歲與五十多歲的不同。

我在候船室裡一放下行李腦袋整個放空，懸著兩隻腳在椅子上晃來晃去。「嗨！」男人出其不意地現身，接著「吶！」放了一個紙袋在我手中，裡面裝著透心涼的冰淇淋。我以為男人會多陪我一下，高興地挪動身體要讓出位置給他坐，但他說：「不用了，車子還停在外面。」馬上頭也不回地走掉了。他穿著近乎白色的淡奶黃色短褲，在人群中穿梭而去，我目送著他。

我吃著冰淇淋思考著，我與他之間，與其說是男女關係，更貼切的說法應該是大人與小孩相處的感覺。買冰淇淋，摸摸頭說「回家路上自己要小心喔」，這不正是不住在一起的父親對來找他的女兒才會有的動作與關心嗎？然而這樣的想法並沒有讓我不開心，甚至當船離岸時，我發現已開始想念男人了，那個會將褲腳捲起、會料理鯛魚、打開水龍頭洗車、洗頭髮、游泳的男人，我對他的好感度隨著船與島的距離呈等比增加。這比喜歡或是眷戀還要更強勁，可說是仰慕的感覺，有著如迷幻藥般迷惑人的力量。我沒有進到船艙內，就這麼盯著那高聳山稜線直破青天的大島。我沒有拿到他的名片，所以也不知道他的電話或地址，然而不知為何，我覺得這樣也無所謂。

我發呆太久，竟然才一轉眼就已經到明石了。我回到事務所，看著電話答錄機閃著燈，像是在大喊著「有人留言有人留言」。與工作相關的電話有三通，有通什麼都沒說便掛掉了，再來則是美美打來的兩通（第二次甚至聽到她說：「呿！又不在！」），並沒有我最期待的五郎。不過本來就不預期五郎會打電話找我，而且若他打來我剛好又不在，說不定會成為我不可逆的人生中一大損失。

最後是阿剛的留言。他先清了下喉嚨，一副不太熟的口氣說：「喂，我是中谷，之後會再打來。那個，這是中谷的來電，中谷剛。」哼，到底在說什麼啊。

我本想著手開始工作，但卻有心無力。昨天白天到晚上與男人在一起的回憶充斥在腦中，像是銳利的碎片般刺著我的頭，那碎片還閃閃發光，令人炫目。我的心還跳動著，腦海裡全是一片彩霞，身體像在空中沉重地向下墜，全身無力、懶洋洋地直打呵欠。

我坐在工作桌前一手托腮，一下又將白紙拿來捲成棒子，一下又拿起三角板來畫個兩下，問我在想什麼，只有「今晚、明晚也好想跟那個男人在一起」、「好想跟他睡啊」之類的，這個時候，女人怎麼可能還做得了工作，我只要有他的回憶就已足夠，根本懶得理其他事。我躺在床上滾來滾去，想著昨晚的事情自己開心地笑了，一下又趴在床上翻著週刊雜誌，不小心睡著了。沒辦法，昨晚幾乎沒睡，實在太累了。

後來電話響了，把我吵醒。是合作的廠商打來的，要我明天去一趟，我完全忘了自己接了這個設計熨斗的案子。出門去買東西，順路去辦了些事，傍晚美美打電話來。

「為何都找不到妳的人啦！」

「有事的話妳就直接留言就好啦，我以為妳沒有急事要找，就沒回電給妳了。」

「是不怎麼急，但想跟妳討論一下，關於醫院的事。」

「什麼醫院？」

「我家附近的醫院正好在整修，到我預產期之前好像都不會好。」

「啊？」

「我還在想要換哪家醫院比較好，乃里子有推薦的嗎？」

「妳去醫院要幹嘛？」

「妳傻了嗎，當然是要生小孩啊。」

「妳是說真的嗎？」

「當然啦，我之前不就說過了嗎？我好希望是生女生。」美美像在挑染髮顏色的樣本般輕鬆地說。

「可是，不趁現在還來得及？」

「來得及什麼？」

「來得及不要生吶。」

「可是我要生吔。」美美接著像自言自語地說下去：「事到如今，不管做什麼，情況都不會改變，我覺得夠了，不想要再搞什麼革命，反正孩子生下來，我就不會覺得無聊了也說不定。」聽起來似乎是吃飽沒事幹只好來生個孩子。

「可是接下來才是辛苦的開始吧，像是錢哪、戶籍之類的，妳打算怎麼辦？」

「妳覺得我怎麼做才好？」

「跟妳的小隆隆商量啊！」我忍不住吼了出來，跟美美講話很難不抓狂。

「而且，妳家的人，例如說妳媽媽，不會生氣嗎？」美美的老家在京都的深山裡，是有錢的種田人。

「我打過電話給我媽了。」

「一定會生氣的吧。」

「她嚇得說不出話來了。」

「妳這個不孝女！」

「當天晚上就殺過來，一整晚都在念我，但最後不准我把孩子拿掉，因為我媽是信金天教的。」美美提過那個新興宗教。

「金天神不准信徒墮胎，所以我媽叫我一定要找個人嫁了，之後再離婚就好，總之要讓小孩子有戶籍，之後她會資助我養這孩子，也願意幫我帶。」

「那妳去跟隆隆大人拜託啊，反正只是讓小孩報完戶口馬上就跟他離婚了。」

「可是他說這樣他就會有污名，而且這污名怎樣也洗刷不掉。」美美笑著說，明明是自己的事虧她還笑得出來。

「我也想過去拜託阿剛……」

「咦？阿剛不是有老婆嗎？」

「啊，我沒跟妳說嗎？他還是單身吔。」

該死的傢伙，竟然說謊到這個地步。

「我跟小隆隆說那我去拜託阿剛，但他說那事情可會一發不可收拾，要是跟中谷剛結婚，大概宴客時會有大臣級的人物來吧，以他們家的身分地位來說。」

「呃！」

「所以啊，不可能要他跟我假結婚，借我報個戶口。」

「……」

「那妳有沒有認識什麼人可以借我戶口？小隆隆也說他不希望讓孩子變成私生子或是父不詳，所以要是我為了孩子跟別的男人結婚，他就覺得沒關係。」

「甲斐隆之真是個可惡的男人。」

「啊啊，也不是不能理解他的心情啦。」

比起這些，我對於阿剛明明還單身卻還騙我說有老婆這件事情更在意。真是惡劣加三級，我愈來愈覺得這個男人真的很糟糕。

打從一開始就引導對方順著他想要的方向走，遊戲人間，我雖沒有想要跟他結婚的意思，但這種令人討厭的小聰明，明明年紀也沒多大卻是這樣不乾不淨的玩法（雖然他應該覺得自己很瀟灑）真的很令人不爽。

然而跟這種的傢伙往來的我，更是差勁。相較之下，男人不給什麼誓言或保證，突如其來地將我壓倒在吧，花上半天跟一個晚上慢慢地撫摸，天熱會買冰淇淋、離別時摸摸我的頭，這樣的對待方式還比較堂堂正正。我現在整個心思都被綁在這裡，只箇單地跟美美說聲：「妳準備好該怎麼做再說要把孩子生下來吧。」便掛了她的電話。

接著我拿出電話簿一一清查姓水野的資料。剛好有工作上的電話打來，是委託我設計絲巾的飾品公司，我便順便問了一下：「你知道在飾品業界有沒有一個姓水野的人吶？」

「什麼樣的飾品？」發案給我的男子問。

「飾品也分很多種，妳可能問百貨公司的採購比較清楚。」

當晚，美美又打電話來。

「喂，我想了很多……」

美美想很多的時候通常不會有好事。

「妳覺得妳那個大笨蛋朋友怎樣？」

「妳說大笨蛋該不會是指……」

「就是從乃里子的魔掌中逃掉的那傢伙呀，說什麼還來得及趕上最後一班車，就急急忙忙地跑回家的那笨蛋。」

不要學我罵他，幹嘛說我最珍貴的五郎是笨蛋。

「那傢伙可以借我用一下嗎？他的戶籍，用完馬上就還他。」

美美說話的語氣跟那些向「某個男人」問說「大叔，可以借我開瓶器嗎？」的白痴女孩一樣。

我猶豫了。老實說，我不想借。見我一陣沉默，美美不知是怎麼想的，開口說：

「那傢伙，還單身吧？」

「當然。」他要不是單身，我也就不用這麼執著了。我心裡想的是，我才不要把五郎交給其他女人。

「妳可以幫我問問嗎？除了他之外，我也想到另外一個人，明明一副單身貴族的樣子，結果一問之下竟然已是三個孩子的爸爸，真是嚇死我也。」美美還能這樣悠哉地說著。

「妳再找找其他人吧，一定有人想當單親爸爸，說不定還有人可以收養這孩子呢。」

我漫不經心地說著。我沒資格笑甲斐隆之，一想到五郎的戶籍上，就算只是戶政事務所裡的資料裡寫著「結婚、孩子出生、離婚」這些經歷，我也無法接受。我希望五郎是在一個乾乾淨淨的狀態下成為我的人。

「嗯，另外還有兩、三個候備人選，我去試試看，那乃里子妳也幫我問問大笨蛋。」

美美說完便掛上電話。我當然沒有好心到幫她問這事，而且說不定就在我幫她擔心這擔心那的同時，她又改變了心意，說這辦法太麻煩還是算了吧之類的。

隔天，我因為工作而出門。一到百貨公司談了不少案子，據說我設計兒童成衣的風評很不錯，讓我想再接再力。要離開時，抓到一位先前見過面的採購主任，本來想跟他打聽飾品廠商的事，但他說最近剛換負責的部門，跟新的供應商還不熟，如果我急著要找的話，可以幫我問問，但他好像還有別的事情要忙，我就說沒關係，下次吧——而且就算現在知道那男人的電話，我也沒有勇氣打給他。我只是喜歡現在自己這樣，光知道他的事便雀躍不已的狀態。我喜歡這樣，知道自己還能喜歡一個人，還能為男人心跳加速，因而感到心靈充裕的感覺。

一整天過去，到了晚上來了通電話。

「妳好。」是阿剛，那該死的傢伙。

「你還活著啊。」

「好高興啊，一聽到這樣的聲音，我整個人都興奮了起來。乃里，那天……」

「誰管你那天這天吶，白痴！」

「啊啊，我知道妳會生氣，可是那天我因為臨時想到有件工作得趕緊處理，才會把妳放著就先回去工作了。」

「哦，所以你是萬不得已囉。」

「我回來一看妳不在，心都慌了。還在生我的氣？這段時間我也想跟妳聯絡，但一直沒機會，對不起啦。」

「算了啊。」

「那我們再去一次吧，這個星期天。」

「我不想去那裡了。」如果是隔壁，我就去。

「那好，我們去別的地方！」阿剛像是快樂得要飛起來的樣子，問題不是去哪裡，到底有沒有搞懂啊！

「不好意思我在忙，不說了。」便掛掉電話。可以這樣說掛就掛是講電話的一大好處，真是太方便了。掛電話最好是乾脆俐落，所以我都是說掛就掛。

本來以為事情這樣就結束了，但從那天晚上起阿剛都會打來，有時一接起電話就是「晚安」，偶爾開頭第一句會是「今天好熱呀」，但有一天他竟然懇求地說：「夠了吧，我們和好吧？」

「我現在在樓下，剛好跟水野一起。」

聽到這句，我想都沒想地就喊出：「那我要去！」

3

在大樓前面，一部深藍色的車子（先前看過的那部積架）後方，停著男人（或者該稱他水野）的白色國產車，只是開著水野那部車的是名戴著眼鏡、有些福態的婦人，她旁邊的副駕駛座上、車子的後座都坐滿了孩子，中谷剛的車子裡也有兩名小小孩，嚇了我一跳。

「啊！」我像是窺見了不該看的地獄景象般忍不住地驚嘆了一聲。阿剛從車裡走下來，接過我手上的行李，一臉陪笑。「太好了，我以為再也見不到妳了呢。」我像是個人形立牌似地呆立在原地，絲毫不掩自己的希望落空，四處張望著。

「水野先生沒來？」

「不知道，我是在路上遇到他太太，看到她車上小朋友多到要滿出來了，就讓她分幾個過來坐我的車，反正我們要去的地方都一樣嘛，嘿嘿嘿。」

阿剛也不是故意要讓我失望。

我陷入長考。接著被阿剛帶上車後，他捉起我的手，往他的下巴磨蹭。

「妳看，我刮得很乾淨吧，就算親嘴也不會痛了。」

你白痴嗎？我在乎你的鬍子有沒有刮乾淨嗎，再說誰要跟你親嘴了。

「但是這裡可沒剃掉喔。」他打開胸膛——正確地說，應該是他用手指將身上那件深藍色、上頭畫著魚圖案的夏威夷襯衫往下拉，讓我看看他「自豪的胸毛」。這是在勾引我嗎？這時候該如何形容這人呢？只有兩個字：「白痴」。

婦人開著白色國產車停在我們旁邊，搖下車窗似乎想說什麼，我打開車窗，叫阿剛看她。婦人向我微微一笑，輕輕點了個頭說：「不好意思，那就麻煩你們了。」似乎是指分到我們車上來坐的那兩個小毛頭的事。她看上去大約四十歲上下，雖然有點福態，但簡而言之感覺是個坦率、沒心機的女人。她的車先出發了。

後座的小朋友是小學四、五年級的男生，大概是因為能坐到進口車很興奮，從後面將手伸長想要摸一下方向盤。

「好滴，出發！」阿剛像是美國西部牛仔影集《Rawhide》裡的隊長發出命令，男孩們也跟著大叫。

「喂，那部車子裡的小孩還有我們後面這些全都是水野先生的？」

「好像也有他們家親戚的小孩吧。」

我嘆了一口氣。早知道應該先問清楚的，一聽到「水野」馬上就衝下來，是我的問題。但阿剛也未免心情太好，還吹口哨，後座的孩子們一刻也靜不下來，一直跟「叔叔請問」、「叔叔請問」地向阿剛發問車子的事情，阿剛似乎很愛聊車子，一直跟他們解說關於進口車的名字、特徵等等。

我喜歡小女生，但小男生實在是不討我喜愛，沒過二十歲的，都令我看了心煩，就算試著要加入他們的話題，但他們聊事情──車子、飛機、船，或者是男生一定會聊到，彷彿是他們的玩具似的潛水艇、飛彈、裝甲車、戰車等跟戰爭有關的機具，我實在是一點興趣也沒有。小男生小歸小終究是男的，阿剛色歸色終究也是男的，因此他們都喜歡這些交通工具、戰爭機具等等的話題。

我一點都不感到有趣，腦中一直想著做到一半的工作或是水野會不會也到別墅這邊來。然而，不思議的是，我發現我對那位水野夫人竟然不抱持著罪惡感或感到不好意思，但並不是因為我沒有道德觀念，而是我與男人之間的事，與這個世界無關，完全屬於另一個世界，因此一般人的規則並不適用於我們身上。我清楚知道這一點，所以當我知道她是個質感很好的婦人時，我竟然鬆了一口氣。

這天的路令我感到漫長，而且我們下船的時候，開始下起了雨，抵達別墅時雨變得更大，天都暗了下來。我們先讓孩子下車，才駛進阿剛的別墅。阿剛讓我先進房子，他將車子停好後，全身溼答答地衝回來。沒有比避暑地下起大雨更掃興的事了，但阿剛似乎並不這麼想，「不能去游泳，那只好來做些愛做的事」說完便去確認門鎖是否確實帶上了。這時候的男人，該怎麼說，真令人瞧不起，滿腦子除了跟女人上床之外，沒別的事情可想了嗎？

「不要擺張臭臉嘛……先前不是已經跟妳道歉了嗎？」

「你不是跟一個戴白帽子的女人在一起嗎？」

「咦，妳怎會知道。」

「我不會跟你太太說的，不過我早就知道你沒有太太喔。」

阿剛為了掩飾尷尬放聲大笑，又忙著從架上拿出酒來。從前有個切腹後讓人砍下頭的小說家據說笑聲也是如此豪爽，這事我不知是在哪裡讀到的，但人家說，一個人笑的時候是偽笑。

「今天晚上隨便妳怎麼欺負我囉。」

「誰要欺負你啊，我才沒那個心情。」

阿剛伸手拉開我衣服的拉鍊，我說了句不要，他便默默地收手，坐在椅子上抽起菸來。

雙方都沉默著。

「啊，好悶喔！」他喊了一聲，便起身去把所有電燈打開，然後走到廚房忙來忙去，似乎在準備用餐。其實我覺得原諒他也無所謂，只是現在腦中想的，全都是隔壁別墅的主人等下是否也會來，可以的話，好希望阿剛跟那男人可以對調。

阿剛為我端上酒，並打開餐桌上的音響，放了他喜歡的曲子，但音樂才剛響起，我就大叫：「我討厭搖滾樂！」其實也不一定，但現在就是不想聽。

「嘿嘿嘿……」阿剛換上現代爵士樂，

「這個也不喜歡」

他只好關上音樂。外面的雨下得更大了，雨水噴進陽台，空氣中傳來不知是海潮聲、松葉沙沙作響還是山風激烈吹起的聲音。

阿剛嘴中叼著菸坐到我身邊，做出雙手緊勒我頸部的動作。我直盯著他看，他這才放開手，並將香菸放進菸灰缸。他說：「今天來玩強姦遊戲。」見我笑也不笑地板著臉，他在我坐的椅子前跪下，抱著我的膝：「拜託原諒我啦，從來沒有女生讓我這樣想要逗她笑、跟她在一起，妳是第一個。」

我頻頻低頭看著阿剛，健康、長得又不錯、有錢、精力充沛，他應該也是這樣認為。被如此無可挑剔的男人所迷戀，光是這點我就該心懷感激、謝天謝地才是，一直以來，這個眼高過頂的男子，如今卻變得直率溫和。

「來來，阿剛過來。」我像是叫狗一樣地喚他，阿剛飛也似地撲上來，雙手掛在我脖子上，我們便這樣笑著和好了。

「那天早上我不是一早就出門了嗎？」

我們將阿剛從餐廳打包回來的肉類料理熱來吃。

「我知道啊。」

「一早就出去了，想說中午回來接妳，沒想到那時妳已經不在了，害我到處找妳。」

「我早就生氣回家了。」

「對不起，所以妳叫車來接妳？」

「嗯。」我說。

外面雨停了，天氣變得溼熱。

「水野家那邊應該很可怕吧，那群小鬼現在應該吵翻天了，想到就頭皮發麻，我最討厭小孩了。」

「我也是，不過，說不定隔壁的大人也跟我們一樣，正在親熱呢。」

「水野先生先到了嗎？」

「不知。」

我的心感到從所未有的劇烈疼痛，若要問喝氰化鉀是什麼感覺，我想應該可形容得出來。被阿剛甩掉時，我雖然很鎮驚，但感覺到的是憤怒、是女人的面子被丟光的屈辱感。然而聽到水野與他的妻子正在燕好時，我感受到的是如同被鞭子抽打的嫉妒。他讓我嫉妒。嫉妒，原來是一種真切的痛楚。

「今天跟平常不太一樣喔。」阿剛對我說道。

「當然啦，因為你都竟然腳踏兩條船。」

「我不是道歉了嗎?我從來沒跟女生道歉呢，可以原諒我了吧。」

我雖是一絲不掛地與阿剛緊緊相擁著，但心裡想著都是那個男人，因此無論如何也無法像當初在六甲山的別墅裡或是最初到這裡來時那樣，跟阿剛到哪裡都能感到彼此心靈相契，我現在只想抬頭仰望天空。

阿剛似乎覺得是自己的錯造成的，一而再再而三地向我保證不會再發生同樣的事，我表現出自己的心情已經好轉，但這樣演實在累人。

自從認識那男人，凸顯了阿剛的輕浮、性急、胡鬧、神經質，跟那個中年男人願意花很長的時間緩慢地表現愛意，分開之後仍讓人懷念不已，這是阿剛辦不到的。

我知道不應該這樣，但就是會把兩人拿來比較。那個叫水野的男人也是個奇怪的人，我因為他而陶醉，時常放空不知神遊到何處，因為他，我明白了何謂「老練」、「乘勝追擊」。

阿剛一個人裝瘋賣傻，一下子講笑話，一下子裸著身去拿酒，一個人忙進忙出，生怕冷場。反觀我卻有種跟他完全不在同一個世界的感覺，若是長久這樣，我怕我以後除了水野之外再也無法滿足，那可不妙。

隔天依舊下雨。我說我還有工作要做，便打包回府。回家的路上，我朝水野家的別墅看了一眼，窗戶雖然關著，但聽得見孩子的聲音，屋簷下也掛著尚未乾的衣服。車子停在外面，但無法判斷水野是否也來了。

但很奇怪地，突然有種鮮明的感情湧上心頭，望著那房子竟然也激起我的性欲。

在那之後過了一週，我在家裡發呆時，電話響起，是五郎打來的，他說：「人家送我戲票，給妳去看吧。」

「那你拿來給我。」我高興得音調都高了八度。五郎問我工作的時間，很乾脆地說：「好啊，外面雨這麼大，還是我拿過去吧。」便掛了電話。

我趕緊打掃家裡，還想到要換內衣褲，於是馬上衝去洗澡。想上點妝手卻抖個不停，太緊張了，連口紅都塗不好。女人真是現實的傢伙。

比預料中來得早，有人敲門了。我還沒穿好內衣，只好抓起那件鈴鐺襯衣穿上，外面再套上有蕾絲花邊的家居服，粉紅色緞子做的，容易穿脫。

想到要討好五郎那個駑鈍的呆頭鵝，我得好好做一下事前準備。整理好心情打開門，結果竟然是美美，讓我空歡喜一場，但又不能趕她走，「原來是妳喔……」

「有誰要來嗎？」

我不想讓美美見到五郎。誰管那金天教的教諭是什麼，總之絕對不能讓她利用五郎的善良。美美說她買了泡芙上來，便擅自把門推開走進來。

「來到乃里子家總有放鬆的感覺，雖然很亂。」

我才不想讓妳來放鬆咧。

「而且還開冷氣，好涼快喔……」美美一臉滿足地說。我才不是為了妳才開冷氣的。

「冰箱裡隨時都有冷飲可以喝，乃里大人真的好能幹喔，一定會是個好媳婦。」妳才會是個好媽媽咧，我差點脫口而出，但萬一跟她拌起嘴來，她就會覺得在這裡好，一坐就不走了。

「不好意思，今天剛好有客人要來。」

「該不會是阿剛吧。」

「那傢伙已經被我甩了。」

「也是，他也許是個好玩伴，但是到頭來終究得跟大財團的女兒來個政治聯姻，跟這種男人交往也只是浪費時間而已。」美美邊說邊把自己帶來的泡芙拿出來吃，一口氣就吃掉三個，然後再自我解釋說：「這是一人吃兩人補，懷孕真的是怎麼吃都吃不飽呢。」

「金天大神這樣說的嗎？」

美美笑道：「體重也增加了呢，情況愈來愈好了。」

此時門鈴再度響起，美美回了聲：「來了」比我先跑去開門。

不消說，站在門口的是被雨淋溼的五郎。美美上上下下地看了他一回，笑著接下他的傘，讓他進來。「請進請進，我也是剛到，等下就要走了。」五郎脫鞋時，美美在我耳邊說：「他就是那個大笨蛋吧。」

4

我不得已將五郎介紹給美美認識。美美擠出她最美的笑容，五郎則是站著，從外套內側口袋裡掏出兩張票，「這部戲感覺還滿有趣，是人家送的，但我剛好卡到工作去不了，給妳吧。」說完便將票擺在桌上。

「啊，可以收下嗎？」美美誇張地露出欣喜的表情。我去廚房泡冰咖啡，美美也跟著過來，偷偷地在我耳邊說：「喂，可以跟他拜託那件事情嗎？」

我不置可否。

「可以吧，我試試囉。」

「他不行。」

「為何？」

「他應該會斷然拒絕。」

「不問問怎麼知道呢？」

「他一定不肯的，他會說弄到要借戶籍，乾脆一開始就不要生了。」

「可是就已經懷了呀，沒辦法。」美美說得好像只是長痘痘一樣。

「如果乃里子能幫我說服阿剛或是其他男人的話，不用那個大笨蛋也沒關係。」

「阿剛我沒辦法，我們吵架了。」我邊在托盤上放上三杯咖啡邊說。

「不會吧！乃里子會跟阿剛吵架，太嚇人了。你們的吵架程度頂多只是跟吻痕同等級而已吧。」美美左右歪著頭，訕笑著。

「為何這麼說？」

「阿剛都去跟小隆隆放閃吔，說乃里子真不錯之類的。」

這下換我要說「不會吧！」

五郎坐在靠窗邊的椅子上，點根菸抽了起來，我也拉了張椅子坐到他旁邊。

「乃里，有沒有吐司，我肚子餓了。」五郎用他那天真無邪的口氣說。

「等我一下，我做幾道菜。」

「吐司就可以了，我等下就要走了。」

我在廚房趕緊弄東西出來，因為總覺得讓五郎跟美美兩個人在一起，一定不會有好事發生。

當我端出兩塊烤吐司、奶油、橘子果醬跟熱紅茶時，美美正附在五郎的耳邊說悄悄話。我有種如白紙般純潔的五郎被侵犯了的感覺，想對美美咂舌，教她不要把五郎跟他的小隆隆或阿剛那些經驗豐富的男生當同類來看待。

倒是五郎，還是跟平常一樣老是慢半拍的表情，不動如山，他一臉認真地聽著美美對他咬耳朵，那模樣看起來就算美美拉著他的手放到自己的裙裡，他也會任人擺佈似地平靜、自若。接著，他點了點頭。

我為了要將兩個人分開，咚地一聲將托盤用力一放，美美指著托盤，像是自己端上來似的招呼五郎：「請用飲料。」然後朝著我略有深意地笑著。

「我已經跟他說好了喔，人家說可以把戶籍借給我用沒關係。」

「怎麼可以！小五哥，不行啦……」我想都沒想地就像個監護人一樣出聲喝止。

「小五哥你是黃金單身漢，這樣不好啦。喂，美美，妳去找那些沒了老婆的男人，事情不是更簡單嗎？找六、七十歲左右的不就得了。」

「為什麼小五哥不可以？」

「因為這種事情適合那些風中殘燭。」

「我現在就可以啦，我已經是風中殘燭了。」五郎笑道。

「不行！我不允許！」

「哎呀不要這麼在意，不是生了小孩後馬上去公證結婚，然後馬上離婚而已嗎？」

「對呀，而且我也不想一直把戶籍放在不相干的人身上。」美美強調。

「反正也只是互相利用一下嘛，戶籍這制度也是人弄出來的，如果能善加利用讓人得到幸福，也沒有什麼不好啊。」五郎再度發揮他可比仙女，不，是仙男般的善良。

「我沒有什麼財產可分，也不會有人因為這件事情而對我叨念，所以就算我戶籍裡有一、兩個人進出都沒關係啦。」

「那妳們家的人會怎麼說？」我無法指責，只好改祭出牽制這一招。

「無所謂呀，只要說明一下就會理解了。」

如果這個時候我可以大聲地說我不准就好了。就算只是一時半刻，五郎旁邊的配偶欄上，寫的不是我而是別的女人的名字，我若有資格可以大喊我不准的話就好了。

仔細想想，我本來也對戶籍、投票權、選舉權等等這些事情一點都不在意，覺得所謂要不要取得戶籍，只不過是一張紙上有沒有墨水留下痕跡的差別而已，根本就無所謂，但事關五郎，我就死也不肯放過。

然而，我又不希望因為我過度表達意見，被美美笑說我在嫉妒。再加上美美知道我跟阿剛的事情，無論如何她都會認為阿剛跟五郎對我而言是同樣的，她一定覺得我把這兩個男人放在同一個天秤上，而且兩邊都不肯放手，實在太小氣了。但事實上，我喜歡五郎喜歡到願意為他死、甚至不惜倒追，偏偏五郎卻一點感應能力也沒有，對我完全沒有反應，讓我急得都快吐血，這樣焦急的心境，我想美美是無法想像的，而我也認為，自己如此渴望五郎的心情，被美美知道了很丟臉，所以每次跟她說的時候總是表現得雲淡風輕。

美美對於我的感情一無所知，「三浦先生，可以叫你小五哥嗎？不是有那種信用貸款的業者嗎？不如你也把戶籍拿來租給別人用，說不定有人會因此受惠，你也可以賺錢。」

「這個嘛，與其要做這麼麻煩的事，倒不如不要生還比較省事吧。」五郎認真地回答。

「只有妳會做這種事情吧，這麼麻煩，還嚷著說要生要生。」

「可能吧，可是我也不知為何，就是想這樣做啊，沒辦法。」

「啊，這樣很正常。」五郎點點頭。

「美美小姐真是隨性又率直，很有女人味。」

「你這麼覺得？」

「嗯，現在很少有人會因為懷孕了，突然就改變心意想要把孩子生下來，這是一種母性，妳不就是忠於自己的天性嗎？」

「三浦先生——不，小五哥你真的是徹頭徹尾的溫柔好人呢。」美美似乎有點感動。

從事情發生到現在，不論是美美說她懷孕了、還是之後嚷著要把孩子生下來，身邊的人（從她媽媽到甲斐隆之到我）都罵她是笨蛋、不成熟、思慮不周或是頭腦不好等等，真的把她罵得很慘，卻從來沒有一個人摸摸她的頭、稱讚她一下。只有五郎一人說她「有女人味」，這似乎讓美美眼睛一熱，她用與生俱來的率直，感嘆地說：「啊啊，好希望不只是跟小五哥借戶籍，連精子都想借來用了。」這種亂七八糟的笑話我實在是笑不出來，但五郎跟美美都笑了，只是五郎笑得有點無奈就是了。

美美終於站起來：「好啦，今天就到這裡吧，那我就先走囉。小五哥，我之後再用電話跟你聯絡要辦戶籍的事，可以給我一張名片嗎？」

「好啊。」五郎從外套內側口袋拿出名片來。我只能眼看著這一切發生，都已經進行到給名片了，我再怎樣也無法干涉了。

「掰掰。」笨蛋美美說完就走了，我一股腦地將所想的脫口而出：「笨蛋美美、白痴美美。」

「不要這樣說，她很可憐不是嘛，都沒有人可以幫她……」只剩下五郎跟我兩人時，他放鬆地將外套脫掉，問我：「要喝一杯嗎？」

我好高興，如果我是狗的話，尾巴應該早已甩個不停了吧。

我把酒準備好端去五郎坐的地方，接著將窗簾緊緊拉上，不想讓笨蛋美美從外面看到我們。

「我找時間把吉他拿過來好了？」

五郎不管說什麼，我都高興得不得了，直盯著他的臉看得出神。

「對呀，你拿來嘛，就在這裡彈、在這裡唱歌。」

「嗯。」

五郎沒有跟美美一起離開，讓我好高興。接著，五郎問：「還有沒有收到像上次那樣好玩的情書？」

「沒有吔，不過，我前一陣子差點在海裡面溺水。」

「妳不是旱鴨子嗎，怎麼會跑去海邊游泳。」

我含糊混帶過。在五郎面前，中谷剛也好水野也罷，對我來說就像是另一個世界的事。五郎完全不知道我的另一面，他翻閱著我畫到一半的草稿、插畫，一手拿起我做的人偶、手提包、手縫動物娃娃捏捏、看看，真誠地說：「乃里真是好有才華，做的每一個東西都好有趣。」

如果他的溫柔只屬於我，那該有多好，偏偏他會像剛剛讓美美感動得快落淚，對誰都這樣溫柔。

我想跟五郎在一起；好想跟他一起被關在牢籠裡，然後把鑰匙丟掉；好想至死都在一起，而且我要比五郎早走。我不想要讓他對別的女人說這些溫柔的話，如此一來，還是只有結婚這一招了。如果我像美美一樣有了孩子，而且還是五郎的孩子，不知道該有多好，想到這裡不免感到有些心痛，接著五郎的身影竟然與水野重疊在一起，讓我目眩神迷，就快要站不住了。我怎麼也想不起那男人的容顏，只記得他的各種動作、他帶給我的愉悅氣氛與幻惑，並將這一切都投射在五郎身上，讓我感到一陣矇矓恍惚，我也許真的有點淫蕩。

我的女生朋友中，有人主張在與喜歡的男人獨處的情況下，打從一開始便不要穿內衣褲，我雖然跟五郎獨處一室，從來沒有刻意先脫下我的小褲褲，連想都不敢想。

五郎說著他前一陣子搭了一條小艇，要上一艘來自國外、停靠在神戶港邊的船，結果被另一艘經過的船給撞上，差一點就要翻覆的事。

「你為何要去那條大船上呢？」

「去檢查貨物。如果在那裡翻船，可是會被汽油啦泡沫啦垃圾等淹沒、窒息而死，乃里妳差點溺水的海應該很乾淨吧？」

我沒有被海洋給淹沒，卻沉溺在男人之中，但這事可不能跟五郎提起，要是跟他說：「那經驗很特別，回想起來讓人沉溺其中，無法自拔。」他可能會祝福我說：「這樣啊，太好了。」但還是算了，太可怕了。

如果五郎祝福我，便是表明了他對我沒有那種感情，倘若他沒有祝福我，而是悖然大怒，那就是我犯了無法挽回的過錯還讓他知道，不論哪一種對我來說都太可怕了。

結果五郎大約喝了三杯兌水的烈酒後，照例回家了。我在樓上從窗戶眺望他離去的背影。外面是暑氣未消的夜晚，他將外套拿在手上，朝著地鐵車站的方向走去。我是一個人，他也是一個人，為何我們要各自忍受著寂寞，孤立於世間？如果能夠稍微打破這樣的均衡不是很好嗎？（還是下次試試看把小褲褲脫了吧。不過，我想五郎應該會說，會感冒喔，趕緊把褲子穿上。）

隔天，雨開始不斷落下，還伴著打雷，原以為盛夏已過，但有時即使下雨還是暑氣蒸騰。

就在這樣的時候，甲斐隆之來到我的住處找我。他還是老樣子，吃得飽飽、臉色紅潤的一個圓臉青年。

「事情似乎進展得很順利呢。」甲斐隆之不知是不是因為有人出來救援而感到安心，喜不自勝。

「不要說得好像跟自己沒有關係似的。」

「我只是想到有救命恩人出現，覺得很感動而已。再說我也被要求要竭盡所能地給予經濟上的支援吶。」

不過，隆之不是為了要告訴我這件事而來，但也不是我自己以為的，替阿剛傳話而來找我的。

「話說回來，玉木小姐，對方那個男的是怎樣的人吶？應該不是混黑道的流氓吧。」

「開什麼玩笑，你擔心將來會對方被勒索嗎？」我真的很看不起這個甲斐隆之。

他急忙地搖搖手說：「不是這個意思，妳誤會我了，我只是擔心美美是不是有新對象了。」

「並沒有。」我用力地點頭說：「那個人可大大不同！簡直可比仙男，人格高尚、清清爽爽，跟你啊，還有阿剛完全不同，才不會隨便對女人出手。」

「是這樣啊。」甲斐隆之陷入長考。

「但前一陣子我去美美那兒，她遮遮掩掩，就是不讓我進去，我想應該是有別的男人在裡面吧，那時美美一天到晚把小五哥、小五哥掛在嘴上。」

甲斐隆之的表情清楚顯現出他欲蓋彌彰的嫉妒。

「就算有男人在她那過夜，也一定是別人啦，五郎只是你那救命恩人的名字。」我一口咬定說：「小五哥才不是會在女人家過夜的男人，絕對不可能！」

5

美美的住處總是亂七八糟，一年大概只會有一次（而且未必是過年前）心血來潮整理一下。我去的時候，大概就是遇上了她想打掃的時刻，見她正在大掃除。這棟公寓是早期建設、位在市區的合宜住宅，當時很少有這種高層建築，不過如今也變老舊了，設備不良，有種像住在監獄醫院的感覺。美美是向一個搬了家也不願放棄資格的人，以他的名義租賃的。因為這裡房租便宜，又在市內，去到哪裡都很方便，所以二房東不願放棄權利，一旦退租了，其他等待空房的人便可通過抽籤來承租，所以他不放手，一再地轉租給別人。

「哇，妳看看妳看看，這麼多灰塵。」美美驕傲地對我說。

我這才發現自己眉毛沾上一層的棉絮，變成白眉老人，於是急忙下樓去。這棟大樓雖破舊，但還是有電梯可搭，只不過那電梯也像監獄醫院裡的電梯。有個小孩騎著小小三輪車跟我一起擠進電梯裡，而且他還很高興地亂按每一層樓的按鈕，我忍不住吼了一句「住手！」狠狠瞪他一眼，小孩嚇了一跳，抬頭看著我，動也不敢動，是個五、六歲左右的小男孩。最近的小孩都被寵壞了，根本沒有被人家罵過，一臉不可思議的樣子，看了更讓人憎恨。

我在大樓周邊繞來繞去，但這一帶算市中心，沒有樹，又有很多車子來來去去，就連有遮陽的地方也熱得不得了，我只好躲到騎樓下去納涼。算算時間應該差不多了，再次上去，美美終於打掃完畢。可能是假日的關係，整層樓都是小孩子的喧鬧聲，感覺像住在高層的長屋裡，也難怪美美到我的住處時，總是羨慕地說好安靜。

美美仍忙著將各種家具歸位，我忍不住出手幫忙：「喂，妳現在應該不可以這樣使力吧？」我人未免太好。

美美去洗手，順便也擦洗了臉跟身體。這段時間我就在她的房子裡四處觀察。有一件男用的藍色直條襯衫掛在牆壁上，我拿起來仔細端詳，發現在袖口及領口處繡有「K・Y」的名字縮寫，不是甲斐隆之，當然也不是三浦五郎。我一開始就確定不是五郎的，因為從來沒看過五郎穿這種條紋襯衫。

美美給我一杯冰涼的紅茶，但喝起來不像紅茶倒是比較像是草藥。

美美說小孩大約會是在明年春天左右出生。這種事情她竟然站在廚房與在客廳的我，大聲討論著。

「小隆隆大約也在那時結婚。」美美開心地說著。

「這麼說來，美美也差不多會在同時囉。」

「啊，我已經結好了。」

「吔？」

「前一陣子已經入籍了。」

「啊，是喔。」大意的我到此時還以為她只是「先借一下，等孩子生下來，手續都辦好，就會還了」。所以傻傻地以為孩子出生跟結婚登記會同時一起辦理，但美美說因為要辦媽媽手冊之類的，所以在戶籍上已經算是結婚了，她已成為三浦美美。

「小五哥的戶籍也遷到這裡來了，」

「不過應該不是真的住進來吧？」

「小五哥還是住在他原本的地方啦。」

美美一副理所當然的口吻，接著便起身去洗葡萄了。

她的床頭上方牆壁上，貼著一張符，看來是金天教的護身符，上頭寫著「保佑順產」，應該是美美的媽媽求來給她的吧。電視機旁邊的置物櫃上，花瓶裡插著青翠的紅淡比葉。

「這一陣子我還會去公司，之後再開始休產假。我旁邊那個女生之前懷孕時，肚子大到都快滿出來了還來上班，我可不想學她做到臨盆當月。」竟然說這種話。之前不是還無聊到說要去埋伏甲斐隆之，現在為了準備孩子的出生開始忙碌了，再也沒聽她提起什麼小隆隆了。那麼，接下來就不再跟甲斐隆之有瓜葛了嗎？

現在整個房子裡都沒有男人的痕跡（懶惰如美美，把房間榻榻米上的男用內褲全都丟出門了），甚至還大掃除了一番，美美一臉得意。她白皙圓潤的身體跟臉蛋最近又更加豐滿，臉就像滿月，圓滿又散發著光輝。

「話說回來，來找我有什麼事嗎？」美美問。

「就來看妳過得怎樣，還有甲斐也有點擔心妳。」我找理由搪塞。就算三浦五郎留在美美家，應該也幫不上什麼忙，而且現在看來，似乎也沒有那回事。美美坐在床上，拿起放在床頭的一本書打開來，「妳幫我看一下這個。」她戴上紅框眼鏡（美美有近視，雖然她沒說）煞有其事地念了起來。

她翻開女性雜誌的附錄「家庭醫學大全集：婦科」的部分，出聲念出這段「嬰兒用品」。

「雖然還很早，但要準備的東西很多吔，若不從現在開始慢慢先買起來，會來不及吧。」她一臉沉醉地，還要我到時幫她的忙。

「有沒有什麼話需要我幫妳跟小隆隆說的？」我小心地問。

「不用啊，有什麼事我直接跟他講就可以了。」美美答。

聽完，我總算是放心了——感覺美美跟隆之還是在交往中，他們沒有吵架分手，讓我鬆了一口氣。美美的依靠應該還是隆之，即使他將跟別人結婚，也不管這樣是否不道德。我接著問：「那小五哥會來找妳嗎？」

「不會啊——妳看，這裡說『最好準備嬰兒被，一般的棉被對初生兒來說過大過重，而嬰兒被之後也可以拿來當成坐墊使用』，還有『尿布要透氣』……」

「妳跟小五哥是在哪裡談入籍的事啊？」

美美拿下紅框眼鏡，盯著我看了一會兒，才答：「在電話裡。」接著又把眼鏡戴上，繼續念：「尿布一定要選純棉的，也有紙尿布、回收尿布，適合小家庭使用……」（註一）

我在美美那裡又待了一下才回家。沒料到美美這麼快就入了五郎的戶籍，我雖然有

註一：當時紙尿布並不像現在這樣普及，布製的尿布要清洗，若遇上下雨天會來不及乾，於是發展出回收尿布，用髒了會有業者來回收，洗淨消毒後再出租。

點不開心，但重點是其他的一切都維持原樣，五郎還是原來的五郎。

到了夏天尾聲，又下雨，我本來以為五郎兼差工作已經結束了，但他也沒來找我，連電話也沒打過。我打去他公司幾次，但都碰到他外出。有一天（還是下雨，天氣有點涼了）在地下街碰到波田先生，就是跟五郎一起組夏威夷樂隊，彈滑音吉他的那個三十五、六歲，身材健美的料亭少東。

波田先生一見我便用生意人的口氣、爽朗的大阪腔跟我提起：「妳知道三浦結婚了吧？」

「嗯。」又不能說出只是出借戶籍而已，只好忍住，默默地點頭。

「突然聽到，嚇了一跳，我還想說要找妳跟竹腰先生商量看該怎麼幫他慶祝。」竹腰先生也是跟他們一起玩業餘樂團的同好。我若是拒絕的話會顯得怪，只能跟著陪笑。

「我還想說他應該是跟妳結婚吧。」

「呵呵呵。」

「上一次遇到他，當面向他道賀，他還有點不好意思。」

我說這很像五郎會有的反應，隨口問了句：「你們在哪裡遇到的啊？」

「嗯，在長堀的合宜住宅區前面，我問他是不是住那裡？他支支吾吾地不好意思承認，那樣子太好笑了，小五果然還是很害羞。」

長堀的合宜住宅區就是美美住的地方，我不覺得意外，但想笑卻笑不出來。

「玉木小姐，妳如果遇到小五的話，問問該他想怎麼慶祝，我們三個人一起幫他辦吧。」

開什麼、玩笑。我哪有那種心情。

「所以你是那個時候知道小五哥結婚的嗎？」

「吔？不是呀，是收到喜帖，玉木小姐沒收到嗎？」

我沉默了幾秒，然後連忙說：「啊對對，收到喜帖了。」

「上面寫著他結婚對象的名字，是因為那樣才知道的。」

我跟波田先生分開後，馬上衝到美美的住處。我不知道為什麼這樣氣急敗壞，直在心中怒吼著：「跟當初說的不一樣！」我無法忍受她寄什麼喜帖。

美美似乎還沒下班回來，但沒等多久，一雙美麗的腳踏出電梯，快速地朝我走來。

「乃里，妳怎麼來了。」

走廊上因為強風暴雨一地溼淋淋，我為了要躲雨幾乎都快貼到門上了。一進到屋子裡去，我劈頭就說：「把妳的喜帖拿來我看。」大概是被我的語氣給嚇到，美美戒慎恐懼地將桌上的喜帖拿給我。榻榻米上也是一疊，正紅色，並壓上以象徵吉祥的鶴龜圖案，一看就知道是喜帖，不論是樣式或文案都非常制式：「我們因結婚而展開新生活……請繼續給予不成熟的我們支持……」之類的字句。

「妳做這個，五郎知道嗎？」

「不知道，是我自己做的。」

「那妳怎麼知道他朋友家的住址？」

「因為要想小孩的名字，我叫他拿他的電話簿給我看。」

「那為何要做這種事！」

美美看我氣憤難平，有點退縮。

「因為我們也沒有舉行結婚典禮，沒人知道我們結婚了啊，不這樣做根本沒人知道。」

「五郎會生氣的。」

「沒有，他沒什麼生氣。」

「妳已經跟他說了？」

「嗯，他說我都入籍了，也沒辦法。」

五郎到底好人要做到什麼程度啊！

我沉默不語，美美似乎想探問我生氣的原因，問：「那個正紅色是不是有點俗氣？印刷廠老闆說那是最好的顏色。」

「妳寄給誰了？」

「沒寄幾封，還剩下很多，乃里子妳若想要就拿去好了，都給妳。」

我拿這些東西是要幹嘛！

「剩下的都拿去燒掉——之後，不會再有其他的事了吧。」

「什麼意思？」

「借了人家的戶口，還要再為妳做什麼服務嗎？」

「沒有了啦，只是這個喜帖不可以用嗎？」

「妳寄都寄出去了，我還能怎樣？」

聽了美美的說詞，多少能理解她的想法，但話說回來，我也未免太好說話，真的是跟五郎有得比。

隔天，我打電話到甲斐隆之的公司，問他是否收到喜帖，他說沒有，但是有件事情不方便在公司講，晚上再從家裡打電話給我。於是我也早早將工作告一段落等著他打來，大約十點左右，電話終於響起。

他劈頭就說：「前幾天，我在美美的公寓前看到她跟一個男的坐上一輛計程車，不知道那個人是不是就是小五哥。」

「長怎樣？」

「怎麼說呢……中等身材，很普通的一個男人。」

「表情是不是很溫和？」

「嗯，算吧。」

「那就是小五哥了。」我激動地說。

「他們坐上車往哪裡去了？」

「我哪知，不過，他們倆個該不會有一腿吧。」

「怎麼可能。」

「妳不懂，我跟美美交往很久了，她有什麼事情，我一眼就看出來。」

「但我覺得那件事不可能發生……」

「又或者，那個人不是小五哥。總之，美美那傢伙怪怪的……話說回來，她說懷孕究竟是真的還是假的我都不確定了。」

「當然是真的啦，都去給醫生看過了，怎麼可能有假？」

「是嗎？可是我覺得美美不太對勁喲……」

甲斐隆之對美美非常在意，雖然也提到那個男，但絕大部分都是一再地說美美的事。這男人實在是很奇怪，明明是自己拋棄的女人，還以為自己擁有所有權。但說真的，這也顯示他至今仍對美美有所眷戀，餘情未了。

「那個男人，不是小五哥啦。」我拚命地否定。「他的頭髮是長還是短？穿怎樣的衣服？」

「我沒看得那麼仔細，但那個時候我在阿剛的車上，阿剛也跟我一起看到那一幕，他也說那兩個人怪怪的，連阿剛這種戀愛專家都這麼說了……」

「是嘛，阿剛那傢伙，給他三分顏色就能開起染坊，在色情狂的眼中，誰都是一樣不正經，他懂什麼！」

我卻是在心裡急著要跳腳，終於明白這一陣子那種無以名狀的不安是怎麼一回事。

6

有句話叫做「鳩占雀巢」，我想應該就是用在現在這種情況吧。我又想起另一個俗語叫做「肉包子打狗」。之前我就有預感，把男人帶到美美面前，一定會被她搶走，就像狗會用兩隻前腳將包子緊緊捉住，東咬一口西啃一下，說是幫你試一下有沒有毒，實則是有去無回。我已無法忍受。

如果不講清楚我會很困擾，五郎跟隆之、阿剛那些人不一樣，當然也跟水野不同。若要說的話，那感覺很像小朋友在玩遊戲，在地上畫一個圈圈，讓喜歡的人蹲在裡面，然後自己站在圈圈外面大喊著：「誰都不准碰這裡面的人！」我就是這樣站在五郎前面張開雙手擋著，不想讓其他女人看到他。只是五郎對於我這樣「大聲宣示所有權」的情感完全沒有感應，悠閒地站在我身後彈彈吉他、一個人玩著撲克牌占卜，要是得到好結果便喝上一杯，或是為了工作在點貨。我恨不得將五郎收進我的手提袋裡，走到哪裡都把他帶在身邊。

然而另一方面，也察覺自己實在太異常固執地認為「只有五郎不會這樣」，始終不願相信對於我的情意毫無反應的他，會跟別的女人亂來。就算他真的對女人出手了，我也認為對象應當是我，我一相情願地相信五郎對我有好感，但問題是那並不能等同於愛情。好感與愛情，（在日文中）念起來雖然一樣，但實質上卻是兩回事，似是而非。

我看見五郎時的心情，實在有點難以言喻。他就像一個放大阪的孩子，手足無措、長長的手腳不知該如何擺放、率直的動作（說到這兒，不得不說那跟阿剛不論做什麼動作，都帶有點自我陶醉、自我滿足的感覺完全不一樣）、要坐下時，怕將桌上的東西撞倒而伸手扶住等等這些下意識的動作，不知有多麼地打中我的心。

我並不討厭阿剛那種誇示著自己精力旺盛，隨便跳一下就飛上天的樣子，或是水野那樣直接、帶著自信而走近、沒有一絲多餘的動作，也讓我頗有好感。然而五郎完全不一樣，他只要在那裡，就可以把我迷得七葷八素、心跳加快。

不論是阿剛或是水野，我喜歡他們摸我、抱我、靠近我的感覺，然而換作是五郎時，我會希望是由我親手摸他、以指尖觸碰他、為他鬆開領帶、打開襯衫上一個一個的釦子、鬆開褲頭的皮帶，光想像就已讓我怦然心動，這樣的心情我在面對阿剛或是水野時是沒有的。

初秋時，我在大阪淀屋橋附近一間位在地下室的畫廊裡開了小小個展，我以寄送邀請函的名義，打電話給阿剛。電話才剛響起，便接通了。

「啊！天要下紅雨了。」

「怎麼了？」

「乃里大人竟然打電話給我。」他高興地說。

「我好開心吶，整個世界都是粉紅色的。」

「油嘴滑舌。」

「是真的，我高興得全身上下都在顫抖。」

「你在公司裡講這種話可以嗎？」

「反正也沒別人在。」

我無法想像「反正也沒人在」的公司究竟是怎樣的地方，阿剛說來看看就知道啦。

「要不要來呀，之後我們再一起去別的地方吧？」

「我不是為了這件事打來的，啊對了，想問你知不知道水野先生的地址？」

「不知道吔，不過我找看看應該會有，怎麼了？」

我跟他說了個展的事，阿剛有點不可置信地說：「妳竟然也能開展喔，都畫些什麼畫呢？」那聲音裡沒來由地帶了點輕蔑，這是阿剛的習慣。我雖然對自己的畫沒什麼自信，但是被人家這樣瞧不起，也感到氣憤，但為了知道水野先生的地址，只好忍著不掛斷電話，跟他說你來看就知道了，每次開展都會賣光，手邊也沒有剩下來的。就像我對於阿剛的生活一無所知，阿剛也完全不知道我過著怎樣的生活。大約三十分鐘之後，阿剛打電話給我，難得認真地說雖然沒找到水野先生的公司地址，不過有他家裡的，是在箕面市那邊。他有點不高興地說：「找那大叔幹嘛？」

「人家未必會來。」

「來了又要幹嘛？」

「怎麼這樣問？」

「如果沒要幹嘛，就不用邀請他來了吧。」

「因為他跟我算是同業，他的公司是在做飾品的吧？」

「原來如果，可是妳怎麼會知道，問過他喔？」

「對啊。」

「什麼時候？」

「就那次啊，你人間蒸發的時候。」我說完正要掛上電話的時候，他竟然說：「等等，乃里，妳該不會是做了什麼不該做的事情吧？該不會跟那個裝闊的中年男人發生關係了吧？好髒。」

笑死人了，他竟然說好髒。但是就因為自己也是出手很快的人，所以才能嗅到不對勁，懷疑別人也跟他做了一樣的事，真不愧是「戀愛專家」。

我直截了當地說，要是知道水野的公司名，寄到公司比較好。寄到家裡去，搞不好會被那位水野夫人拆開來看。但結果最終我還是不知道。

開幕酒會當天，我也邀請五郎跟美美。美美好像是說要回老家，那天沒出現，五郎則是很晚，快要結束的時候才到。他說早上出差到姫路，是坐新幹線趕回來的。我因工作上來往的人很多，根本沒時間好好地說上一段話，酒會非常熱鬧，杯光斛影、笑聲盈盈，小小的畫廊擠滿了人，連轉個身都有困難，準備的啤酒、威士忌幾乎被掃光，留下一堆空瓶空罐。

我身穿紅色絲綢無袖洋裝，仍然是滿身大汗。很多畫也許因為便宜的關係吧，都賣出去了。

我走近五郎的身邊，為他斟酒，叫他等我一下，便又走進賓客的人潮之中。五郎一個人喝著酒，我擔心他會默默地就走了，在與客人講話的空檔，墊起腳尖尋找他的身影，接著抽一根菸，又再四處張望找他，然後又急忙回神跟客人握手。

畫廊主人是一名年約五十的美麗婦人，她很欣賞我的畫，因此支持我開個展。她為了要介紹我，每有新的客人來，便趕緊撥開人潮，將我拉到她身邊，所以當我好不容易可以喘一口氣正要坐下來跟五郎說話時，她又馬上拉住我說：「哎呀，妳在這裡呀！乃里子我介紹這位給妳認識……」

五郎沒有先走，很有耐心地等我到最後。

阿剛跟隆之也來了。他們倆一起站在我的畫前面笑著，但似乎不是在笑我的畫，而是在講些只有他們才知道的事情。阿剛問我，今天晚上能碰面嗎？

「沒辦法，今晚一定會續攤兩次、三次……」

我雖這樣推托，但阿剛還是使出他的老招：「在那之後也沒關係。」一頭熱地想說服我。他應該是看不懂畫，對於我的作品完全沒有提到半句，好似連有東西掛在牆上也沒察覺。也是有這樣的人，說不出好壞，完全沒有概念，只能無視於其存在，不論怎樣的畫，在他的心眼裡永遠是船過水無痕。不過，這也非常符合剛的本色。

隆之則是拚命地尋找美美的身影，我告訴他美美回老家去了，他還老大不開心地說：

「幹嘛不早點講。」好險他們兩個都沒有發現五郎的存在，因為來的人實在太多了，他們跟我握個手便要撤退，阿剛還說晚點再打電話給我。

酒會結束後，我拜託畫廊的員工幫忙收拾，自己拿著外套先跟五郎離開了。一出到外面，發現正下著小雨，我站在騎樓下拉著裙子。這件洋裝的裙腳長到腳邊，怕會沾溼，五郎先去幫忙攔車。

「很無聊吧。」

「不會呀，剛好肚子很餓，吃了很多東西，一個人專心吃吃喝喝也挺好的。」

「你應該很累了吧，還特地趕來，真不好意思。」

「反正我回去也沒事做。」五郎接著說了些對畫的看法，他覺得女孩騎豬及倒看世界這兩張圖很棒。很巧的是，這兩張也是我自己喜歡的。我原本就想把倒看世界那張送給五郎，所以設定為非賣品，真是太好了。「那張圖就給小五哥吧」說完我便將五郎的手包覆在我的雙手中，拉至心口。說實話，那兩張非賣品是為了水野及五郎留的。水野今天沒來，但我想他跟阿剛不同，一定會喜歡那張畫。

計程車抵達我的住處，我邀五郎上樓，他也就跟著我回來了。五郎今晚不是第一次來參加我的開幕酒會，之前也來過幾次，但每次都是結束後便在會場道別。然而今天我無法像往年一樣，輕易地就跟他說再見。我比起前陣子將五郎拖住不放時更加焦急，就算他只會玩撲克牌、轉收音機也好，我若再不咬牙把狀況弄清楚，這樣下去只會徒增煩惱。

我先去洗了澡，慢慢地泡了一下熱水才出來，不化妝，只噴了點香水跟爽身粉。

「妳真的愈畫愈好了呢，真的很厲害，也沒有人教，就這樣自己摸索也能畫得這麼棒，乃里真是不可思議呢。」

五郎很會讚美（女）人，我就是喜歡他這種像摸著你的頭說話的方式。

「就像小五哥彈吉他，沒拜師學藝，也一樣能慢慢練好。」

「所以說不定我們兩個都是怪人。」

「那兩個怪人如果一起生活會怎樣呢？」五郎坐在我的床上，我也緊挨在他的身邊坐下。五郎悠哉悠哉地說：「哈哈哈，那說不定會生出教養很好的小孩。」

「我可是會當真喔。」我坐到一旁的椅子上去，我想要看看五郎的表情。

「小五哥，你覺得美美怎樣？」

「什麼意思？」

「你覺得他是個好女孩吧？」

「嗯，很率真，在我看來。我覺得率真自然的人，不論男生還是女生，都很好。」

「美美不會讓你覺得有負擔嗎？」

「不會呀，非常輕鬆。」

「她該不會欺負你吧？有沒有對你做一些色情狂才會做的事？」

「沒有呀，她整個腦中都是小孩的事，每次碰面都聽她說小孩的事。」

「在哪裡見面？」

「美美的住處。」

「是她叫你去的嗎？去做什麼呢？」

「說是要跟我商量小孩該取什麼名字，畢竟也跟我有點關係。」

「就你們兩個人碰面嗎？喝什麼？一開始怎麼聊起來的？」我簡直就是個嫉妒鬼，臉上雖掛著笑容，但其實整個人火大到快冒出煙來了。

「對我來說，美美是個十足的女孩，沉醉在玩小孩這個玩具之中，看她這個樣子還滿讓我開心的，有種遇到百分百女孩的感覺，雖然有些地方讓我搞不太清楚，例如說看到她在翻書，我還以為在看金天教教義的書，才發現原來在看少女漫畫週刊，還一個人呵呵笑著，而且是奇怪的地方引她發笑，例如作者的名字等等……」五郎變得多話。讓他變得如此多話、影響他改變的不是我，是美美。

「那你喜歡美美比喜歡我還多嗎？」

「不能這樣比呀。」五郎靜靜地笑著。

「乃里妳應該也知道，有些人是你不用理他，他也可以過得很好，另一方面，也有一種人會讓人牽掛、覺得無法放下，總想要看著他在做什麼。」

我沉默不語。五郎給我一種不妙的預感，我討厭這樣。

「與其說是喜歡、討厭，這更貼近我的感覺。我知道自己擔心那麼多也沒用，但就是會在意，當然她也有可愛的地方，該說是放大版的小嬰兒嗎？」他雙手比出一個小小的形體，接著說「這樣比喻也許很怪，但很像是個有白色軟毛，可愛的生物，大概是小嬰兒跟小白兔的合體吧。」我也可以這樣啊。五郎繼續笑著。

「還有吃飯的時候，會自言自語。」

「吃飯？在哪裡吃？」

「在美美家。」

「美美會做菜嗎？」

「不會，是我做的。美美會跟肚子裡的孩子說話，她相信自己吃下去的東西，肚子裡的孩子也會一起吃到，比如說她會跟那孩子說這塊肉有點硬吔，之類的。哈哈哈，我以前都不知道有這麼奇妙的人。」

我起初也跟著一起笑，但漸漸地變得想哭，一不小心眼淚就滾落。

五郎喜歡美美，而且不是美美去追他，是五郎主動喜歡上她；美美並非在幫我試毒，這對我來說是雙重打擊。

熱茶

1

即使如此，我還是不想讓五郎看見我的眼淚，我決心要避開這樣的局面。我當然也想要大哭大鬧、耍任性、把心裡的話一口氣全說出來，想比這世界上任何一個女人更早得到五郎。但是我很清楚，世界上的人可分為兩種，一種是你可以跟他表白，另一種則是千萬不可。對我而言，五郎就是不可以跟他告白的那種人。真的會告白的，是你不那麼喜歡的人，即使告白失敗了，也不過就是回到原點，彼此繼續當朋友。

若是告白被拒，搞不好會出人命的情況，是深深地被對方吸引，只許成功不許失敗，極端的案例就會變成強姦致死。男人愛上女人，賭上自己的性命向對方告白，最後演變成強姦致死，那還能想像，但反過來是女人的話，又該怎辦呢？

五郎現在正趴在我連防塵布都沒有掀起的床上，一邊哼著歌邊翻閱我的少女漫畫週刊，我要怎麼做才可能將他強姦致死？真是不倫不類。或許可以用酒灌醉這招，偏偏五郎這傢伙看起來很弱實則酒量深不見底，想用美色誘惑，沒兩下他就會看著手表大喊著：「末班車要跑掉了！」究竟該如何料理是好？就算全身脫光光在他面前，也只會說：「這樣會感冒喔！」的傢伙，究竟該怎樣下手？

但是說到底，我無法將五郎收服入袋最大的原因，應該是我太喜歡他，太喜歡所以感到恐懼。不論是告白失敗還能繼續當朋友的厚臉皮，或者強姦致死，都一樣不是真正地喜歡一個人的方法。真正喜歡一個人的話，會站在對方的立場為他著想。我害怕的是，五郎不把我當成一個女人來愛，所以我若對他表白，會讓他感到厭煩。

五郎不知幾時打起了瞌睡，我拉起毛毯想輕輕地為他蓋上時，馬上就醒來了。

「啊，我該回家了，下次再來吧。」

「外面還在下雨呢，留下來也可以呀。」

「沒關係，我還好。」

他又會錯意了，大概是以為我擔心他喝醉了吧。

個展結束後，我一直想把畫拿去給五郎，但打給他都不在。這時我突然想到，他該不會是在美美那裡吧，於是撥過去，果然美美說：「小五哥在我這裡喔。」我以要拿畫給他作為藉口，過去找他。星期六晚上，五郎若是去哪裡玩耍是無所謂，但令我驚訝的是他竟然在美美的房間裡彈著吉他，明明沒多久前他才說要拿吉他到我那裡去。

五郎一看到我便說：「妳來得正好，多準備一份。」他進廚房為我煎肉排。領帶塞裡襯衫裡，身著美美的圍裙，我感覺像被新婚家庭招待，美美喝著酒，她身上穿了件薄毛衣搭超短迷你裙，因為有點發胖，她將腰間的皮帶鬆開，側坐著。

「我只是把畫拿來，馬上就走。」

「哎喲，慢慢來嘛，還在想說今天要喝一整晚的，左右兩邊的鄰居都不在，所以這裡就算彈吉他也不會有人抗議。」美美拿起我的畫，吐出一口煙，哈哈大笑。

「叉開腿倒頭看很不錯呢，乃里大人怎麼都能想出這種奇怪的姿勢呀。」然後她也起身想試著做同樣的姿勢，「不行，肚子太大了。」

「這樣亂來行不行哪妳。」雖然不關己事，還是看心驚膽跳。

五郎從廚房為我拿盤子、叉子來。

「小五哥，乃里大人說要把這個畫給我。」

「是要給五郎的，不是給妳。」

「可以給我嗎？」五郎站著端詳著我的畫，接著很自然地說：「那掛在這裡？」

我不是拿來給你掛在美美這裡的，早知道會落到美美手中，我還不如拿去賣。但是美美很開心，拿著畫在牆上到處比來比去，看看掛哪裡好，事到如今，我也不能再要回來了。再加上我肚子真的好餓，於是切起了五郎為我煎的肉來吃。五郎把麵包跟奶油推過來給我。

「每次都是小五哥幫我煮飯，很好吃吧？」美美想把畫釘上，於是拿出鐵鎚跟釘子，「我之前孕吐得很厲害，每次自己煮，吃了就反胃，但是別人煮的就吃得下，也不會再吐了。」美美伸長手要釘釘子時，五郎將手上的吉他放下，說「這個借我」便幫她把釘子釘好，然後再把畫掛上。我不想看到這幅畫掛在美美房間的樣子，只有一直低頭吃肉跟沙拉，倒是美美與五郎兩人抬頭仰望著那畫，讚嘆著：「真不錯呢，好會畫。」

「好可愛，乃里大人的畫總是這麼天真，我喜歡。」美美大言不慚地說。

「妳被畫裡的人盯著看，可不要在這個房間裡亂來呀。」我帶刺地說。

「說什麼亂來呢，人家現在可是聖母瑪莉亞，要生個沒有爸爸的孩子，是不是很神聖！」美美哈哈大笑，還倒地將腳伸在半空中踢來踢去，她沒穿襪子或是褲襪，白色小褲褲一整個大走光，嚇到我，五郎又將吉他放下，「喂喂！」為她將捲上來的裙子拉好。

「這傢伙，這樣下去可好？」

吃完後我將盤子收到廚房裡去洗，邊念著：「至少也穿個刷毛的衛生褲或是孕婦專用的保暖衣吧？每次看她都實在讓人擔心。」

「沒錯，而且也不應該抽菸喝酒吧。」五郎停下正在彈吉他的手說道。他頭上的牆壁上貼著金天教的護身符，金天神彷彿要威嚇不信邪的人，怒視整個房內。但我跟五郎的討論的結果是，不管金天大神再怎麼靈驗，至少也得讓美美多少有點孕婦的自覺。

「真拿她沒辦法。我看我去買本《生育寶寶的方法》給她好了，她手邊只有一本《家庭醫學大全集》而已。」我竟然這麼說。碰到美美我就只有吃虧的份，但還是無法丟下她不管，從以前便是如此。

我原本以為美美的母親會過來照顧她，但老家那邊也有農事要忙，好不容易才抽空拿金天大神的護身符來一趟。

「還有啊，要拿高處的東西或是提重物也都容易導致流產吧。」五郎說。

美美像看到珍奇異獸般地看著他：「小五哥你一個大男人怎麼會知道那麼多？」

「這不是常識嗎？」五郎再度彈起吉他，小聲地唱起〈小小蠟燭〉這首歌。

「小小蠟燭、大大蠟燭，都是用心照亮我們……」

我跟美美靜靜地聽他唱著，突然我有種奇怪的感覺，五郎跟美美好像真的是一對夫妻，而我則是五郎或美美的姊妹，這也是讓我感到不安的原因。眼前的五郎是這麼地安定，坐在美美的家中，趴在她的床上，抱著吉他，曾經我也想在家裡看到這樣的他，但卻是在美美這兒看見。我說我要走了，五郎也跟著站起來。

「啊，一下子大家全都走光，人家會很寂寞，不要走啦。」美美一撒嬌，五郎就沒輒，只好再坐下：「真是拿妳沒辦法。」

我一個人離開，胸口像是被苦水給堵住，那不是嫉妒，而是一種不確定的不安全感在我胸口躁動著。

看來我得時不時地去美美那邊看顧著。雖然不太可能，但萬一五郎跟美美假戲真做那還得了，現在他們倆個看起來應該是沒事，但我明顯地感覺到五郎在美美那邊時，比來到我住的地方還要更自在。

過兩天，我因為工作的關係去了一趟百貨公司，順便也買了一本名為《生一個健康寶寶》的育兒書，這本書的分量十足，印刷精美，我趴在床上，從〈懷孕、生產的過程〉單元仔細地讀起，但愈看愈有一種美美現在懷的是五郎的孩子的感覺。所謂的順水推舟，一點也不奇怪吧。明明不應該這樣，但人的命運真的無法預測，然而我卻無法因此討厭美美，她雖然是個笨蛋，但個性並不壞，也不是她主動將五郎占為己有，而五郎也跟我沒有任何的約定，根本算不上背叛。只是若要勉強說的話，美美明知道我對這個「呆頭鵝」五郎有多執著，光憑這點就該多少知所進退。

當我讀到〈懷孕期間的飲食〉單元時，整個腦袋已經趴在書上痛苦抬不起頭來了。

突然電話響起，我以為可能是阿剛打來的，結果話筒傳來一句：「我是水野。」我突然像是被電到一樣彈跳了起來。

「前一陣子，我收到妳寄到我家的邀請函，趕在展覽的最後一天去看了。」他的聲音對我來說，十分具有吸引力，讓我瞬間都醒了過來。

「我想送你一幅畫，特地保留下來。」

「那真是太感謝了，今天晚上能見面嗎？」

「好，我再把畫帶去。」

其實我還有別的工作該做，但想想我把自己關在家裡也只會讀《生一個健康寶寶》，悲觀地想像著五郎與美美未來若在一起了之類的事，倒不如去外面走走。於是我急忙出門帶著畫到他指定的店去。那是在北方新地外圍的一家小料亭，但小歸小還是有個綠意昂然的庭院，隨手帶上玻璃門，水野已坐在裡面。

桌子上有個土鍋正在滾著，橘子醋的香氣飄散在空氣中，包廂裡因鍋子的蒸氣而暖烘烘的，令人感到舒服。

見到水野的瞬間，有種難以言喻的、像是安心的感覺湧上，我像個去見一許久未見的遠房大叔的小女孩般害羞、不知所措。

「妳好。」他見我來了，微笑著。

這是我第一次見到他穿西裝打領帶的模樣。在這安靜的料亭包廂裡，面對面地坐著，我才初次認認真真地看著他的臉。雖然再多看幾次也不會記得，但一見面又立刻想起，原來就是這個人啊。簡而言之，他長得並不特別，也不帥，但每次見面，都能給人好感。我靠了過去，他將口中的菸拿起，說了句：「好久不見。」那笑容也是我記得的樣子。「過得好嗎？」

「嗯。」

「個展很棒，每張畫都很好。」

我一聽急忙要把帶來的畫從包包裡拿出來給他看，服務生卻在此時為我上茶及熱毛巾，他讓我等等再拿出來。但是我很想讓他看看，於是將包材給拆了，拿給他看——裸體的女孩乘坐在黑豬背上，畫面上布滿了花朵，黑豬就走在花朵鋪設的小徑上。

「嗯，滿有趣的。」

「有趣嗎？那送你。」

「這個嘛……我們先喝再說吧。」他為我斟酒。

鍋中咕嚕咕嚕地滾著。

「這是什麼？」

「魚片豆腐鍋，裡面有各種白肉魚、貝類跟蔬菜。」

「又有魚，水野先生釣的嗎？」他沒有回答，可能有點熱了，他把外套脫掉，掛在牆上一角，接著不是坐回原本與我相對的位子上，而是我身邊的座位，

「為何這麼見外，靠過來一點。」他拍拍座墊。我一靠近，他又說：「再過來一點。」我再移過去一點，他又說：「再過來。」我穿著喇叭褲的腳才移一下，他的手便繞過我的肩膀，我一個重心不穩就快倒在他身上時，他順勢吻了我，那感覺就像我們又繼續寫下在島上別墅的續章。

「我好想妳好想妳，已經無法再忍耐了。」水野笑了，再次地，以他那迷人的嘴角。

「騙人。」我其實說的是「讓我們繼續吧」的同義詞。

這個世界立刻又為我亮了起來，相較於五郎跟美美讓我如此心酸，四十歲的男人以緩慢的語氣說著：「是真的，我好想妳，不論是工作、吃飯，腦中都只有妳，想妳想到無法自己。」沒有比這更甘美的愛情。

2

啊，不行了。

一被水野盯著看，我感到莫名地害羞，真是受不了，自己都覺得「真是夠了，好歹想想妳現在幾歲了好嗎？」但是我一點辦法都沒有，即使已經三十一歲，碰到令人害羞的事，還是會害羞。於是我低著頭，將手帕放在腿上摺了又摺，疊了再疊。

「妳在做什麼呢？把頭抬起來吧……」他說。這樣的用字遣詞，大阪腔溫和的語調，令人怦然心動的性感、醇厚，這些是其他地方的男人身上所找不到的。這或許是京阪男人特有的魅力，本人卻毫無自覺。

「你最近還會去那裡的別墅嗎？」我邊吃東西邊開口問道。

「沒有了，沒辦法游泳的季節就不會去那邊了。那裡的風很強，不過冬天的海也很漂亮。」

他為自己斟了幾次酒，沒讓我幫他。如果是與別的男人吃飯，我覺得自己還滿會看場面幫忙倒酒，但跟他一起時，我一點都派不上用場。這也是我感到不可思議的地方。

他俐落地為自己倒酒，發現酒壺空了，便叫服務生幫忙上新酒。我覺得自己一點用處都沒有，只能像個傻瓜般，呆望著。我問他是否還會去別墅那邊，是因為我感覺我們還有機會一起去，但他並沒有說：「那我們一起去淡路島吧。」取而代之的是「好想去哪裡旅行啊。」

聽到他這麼說，已酒過三巡的我高興得要跳起來，忍不住大叫：「媽的，太棒了！」

「女孩子也會這樣說啊。」他口中的酒差點噴出來。

「不好意思，可是不這樣子說，無法表現我有多開心……」

「看妳想去哪裡囉。」

「混帳、被你賺到！」

「我先走了。」他急著放下酒杯，假裝要走。

「等下不知會被說成怎樣。」

「你看看你，我還有很多沒拿出來用呢。」

「是哪個男的教妳的？妳第幾個男人是這樣的壞人？該不會是那個姓中谷的，開消防車的大少爺吧。」

「是天生的好嗎，天生的。我可是有這方面的才華，才有辦法學會這麼多有的沒有的說法。」

「妳還知道其他什麼說法？」

因為覺得水野不那麼可怕了，在他面前也沒那麼害羞，於是我灌了好多酒。酒也變好喝、鍋中的食物也更加美味，讓我心情大好。

「例如，妳跟那個大少爺在一起時，都會怎麼說？」他問。

「呵呵呵，那傢伙在床上的時候啊……」我一邊回想起來自己笑個不停。

「會大喊上緊發條，中大獎囉！」

我們兩人大笑，之後我還說了很多跟阿剛有關的笑話——反正阿剛也把我的事拿來當成跟甲斐隆之聊天的話題，我只是有樣學樣而已。從這點看來，我跟阿剛還真像。

不過，水野稍微收起笑容，認真地看著我說：「可是，我還真希望妳不要在我看不見的時候玩得這麼開心，我會嫉妒的。」

「我好想跟妳說，可不可以不要跟那個中大獎的少爺，還有其他人這樣玩耍，不然我會苦惱。」

「怎麼可能，你才不會這樣說咧，這是想要占為己有時才會說的話。」

「這跟那沒有關係。」

「有關係！」

我想起水野夫人，明明她並沒有對我做過任何事情，我卻能感受到深刻的憎恨。可能是今晚的酒讓我心情暴走，跟阿剛在一起時（我也知道阿剛身邊不乏女伴）從未有這樣的感覺，但一旦換成水野，總是有清晰的嫉妒感刺痛著我。而這又跟五郎對美美好的那種嫉妒不一樣，對他們的感情是一種近似是童謠給人的哀傷感，那樣的不安，像是被同伴拋棄的小孩，心中充滿了怨恨，但是對水野的妻子或他另外的情人（我總覺得他在我之外一定還有別的女人）擁有他的時間的嫉妒，已經滲入我的血液之中，是血淋淋的嫉妒。我抓起他的上臂奮力一扭，他竟然只小聲地喊了聲「痛」，要不是有所顧慮，其實我真正想做的是咬住他的手臂不放，像隻狗一樣啃住、甩頭。

之後他違反交通規則，喝了酒還開車，我因為喝過頭了，在車上很舒服地睡著。車子抵達一間看來像是一般住家，平凡無奇，還種些植物的兩層樓住宅，我還以為是水野他家而嚇醒，門口的燈一亮，看見門牌寫著「田中」。這房子之所以顯得低調，是因為位在兩棟奮力閃耀著紅色、藍色霓虹燈的建築之間，一邊是「北極」，另一邊則是寫著「HOTEL PARIS」，其中「HOTEL」的「L」還已經快看不見，成了「HOTE」。

我大喊：「啊！我不知道總理大臣的家原來是在北極。」被水野制止：「講話不要這麼大聲！看來妳喝很醉。」

那天晚上在「田中」發生什麼事，我幾乎想不起來，大概記得喝醉了，才被他親一下就很想要，他才剛碰我，就已經達到高潮。其他還記得的，就是跟他要名片。我說不知道公司的電話很不方便，可以給我名片嗎？於是他拿了一張給我。在床鋪上（不是彈簧床，是確實在榻榻米上鋪著的棉被裡）看著男人的名片感覺還真不錯。再者，男人的名片本來就不會是在裸身時看，彼時我卻全身赤裸看著名片，他一親我，又讓我湧起無以言喻的情欲。水野的名字，是艱澀難念的單名，聽說是取自父母的名字。

不過在那天晚上，我喝醉的心情之中，也摻雜著些許的遺憾，如果沒有喝得這麼醉的話，一定更能感受到快感。實在是醉得太厲害了，一切都像是隔著一層膜或是霧裡看花的快樂，讓我感到焦急，好希望當下能夠清醒，腦子好好感受快感。

邊開車邊聽我這麼抱怨的水野忍不住念我：「妳真是欲求不滿吔，到底要這麼多滿足做什麼？女人的欲望真是深不見底。」

我雖然知道他公司的電話號碼，但還是沒辦法主動打給他。酒醒了之後，我又變回那個拿著手帕在膝蓋上摺來摺去，莫名地害羞的女孩。所以當我知道他沒忘記當時的約定，說要帶我去東北洗溫泉時，我非常高興。由於他還有事要辦，得先去東京一趟，等我到秋田機場時，他才來接我。

我因為太開心而無法言語，想笑反而卻一臉奇妙的表情。我們搭計程車要往秋田車站去的路上，我才有辦法真正地開心起來，為窗外的雪、放眼望去一片白茫茫的景色而感動，在異鄉與他一起所見的任何事物，全都異常美麗。

「你看！那雪好像砂糖一樣！」我興奮地說著。然而水野卻悠悠然地說：「不好意思，明天我有事無論如何都得要回去，只能停留今天一個晚上。」

「你明明說要住兩晚的！」

「對不起，另外再找時間補償妳。」

我用鞋尖踹了水野一腳，計程車司機應該也聽得到後座的動靜但沒說話。我實在是太不甘心，眼淚一下湧上，水野一臉有趣地刻意盯著我，故意要看人家不想被看見的哭喪表情，真是壞心的中年男人。這樣的壞心人怎麼不去給雪埋了算了！

他為了要化解僵局，「不然妳自己再多住一晚上也好啊。」

「我不要！」

「還真的很氣吔，對不起。」

抵達臨海的溫泉地區，已經是晚上了，東北果真是個遙遠的地方，雪彷彿永遠不會停止般地下著，但不知道是不是因為有溫泉地熱的關係，地上沒有什麼積雪，只是從海上吹來的風，凍得令人牙齒打顫。

車子在水野訂的飯店前停下來，是一間沉靜的日式旅館，水野說這種純日式的已經難得一見了。「東北現在愈來愈多是飯店型的溫泉旅館，有的業者還會安排夏威夷草裙舞表演。」

不用再講解溫泉觀光的觀點了，反正我只能在這裡住一晚，想到又忍不住生悶氣。不過到遠處的大澡堂泡了溫泉回來，看到滿桌美食，我心情總算好了起來。想想可以跟他共渡一晚，不，其實是到明天晚上，在大阪的伊丹機場道別之前，共有數十個小時可以在一起，這樣還不夠幸福的話，那什麼才是幸福。

我心想，今晚可別再喝那麼醉了，甚至搶走水野的酒杯，說：「不可以喝那麼多。」他也就順著我。他的身體好溫暖，乾淨又有力。不像阿剛那樣嘻嘻鬧鬧，總是全心全意、認真、不急不徐地享受兩人時光。在這之中，我感到恐懼。一切都無法自制無法思考，只能將自己交給甘美的怠惰，任由擺布。

「我已經不想做其他的事情了，不管是工作或是其他，只想跟你一直這樣下去。」

「到時候妳就會覺得無聊了。」他竟然用冷靜的口氣潑我冷水，即便如此，還是破壞不了我的快樂。他將我的頭收在他的腋下，抱著、撫摸著。

隔天早上醒來時外面已經放晴了。我從他的胸前起身去泡澡，從浴室的窗戶可以看見被雪覆蓋，愈見莊嚴的鳥海山，以青空為背景，構成一幅令人眼睛為之一亮的美景。

要出發時，天再度暗了下來，又下雪了。雪到了大阪時則變成了雨。水野用計程車送我到家後就直接回去了。回到大阪，他變回了名片職稱上的那個男人。

我明明積了很多工作，卻不知道要做什麼好，腦袋空空的，再怎麼想也只想著水野。因為工作的事而出門來到百貨公司，竟然遇上了美美，她的肚子已經大到看得出來，一個人在女裝樓層的孕婦裝部門選購著。

「我今天早上一直打電話都找不到妳，究竟跑去哪裡了啦！本來想請妳幫我買些衣服，我原本的衣服都已經穿不下了。」

「那是當然的啊。」

美美拿起一件衣服在自己的胸前比一比，說道：「這件如何？等我生完肚子變小之後也可以繼續穿吧。」

我雖然心裡覺得那件很像小丑裝，但美美說她喜歡，就買下來了。接著又拉著我說：「前面還有一件，快過來……」我才正要看的時候，美美又將肚子往前一挺像是要再邁開步的感覺，她一臉得意地說：「其實啊，我覺得很開心，開心得不得了，原來懷孕是這種感覺。乃里大人心裡一定想說有沒有搞錯啊。」

「我是這樣想沒錯。」

「但就是有種無法形容的快感，這種感覺超好的，讓人開心得不得了。」美美朝著天花板笑道。

「看到妳的肚子很大，大家都會讓出路來給妳走，計程車司機、警察也都對妳很親切，坐電車時別人還會讓位，最重要的是，全身充滿女人味，妳從旁邊看不覺得如此嗎？」

感覺、不太到。心裡雖然這麼想，但還是點點頭。

「乃里也快點生個孩子啦。我好喜歡懷孕的感覺喔，之後還想要再多懷幾次。」

「拜託不要再搞得這樣沸沸揚揚。話說妳那個小隆隆之後的錢給妳了沒？不要叫妳入了別人的戶籍，還不給錢，小把戲一堆。」

「給了啊，先付五萬圓，之後等他領到薪水再付。」

「那我給妳的那本育兒書有沒有好好地讀過？」

「讀了啦，之後我要回老家過年，說不定就在那裡待下來了，不過那裡可能沒有婦產科醫院，應該還是會在這裡生吧。」

「辛苦了。」

「到時再麻煩妳啦。」

等計程車時，美美真的被禮讓優先。她在我耳邊說：「乃里大人也快點一起懷孕吧，叫計程車時很方便喔。」

為了方便搭計程車還要時常懷孕，真是有礙健康。

到了新年，五郎照慣例都會回老家，我也就只有一個人。除夕到元旦我也跟往年一樣在媽媽家過，若沒有外出旅行通常會待上五天，但想到水野可能會打電話找我，今年初二我就回自己那兒了。新年接到的第一通電話，是阿剛打來的。

「喂喂，最近打電話給妳都常沒人接吔。」在道新年恭禧之前，他先說了這句。

「我可以去跟妳恭賀新年嗎？」

「不是打電話就好了嗎？」

「我想給妳紅包。」

都很清楚。順帶一提，我們對「那件事」的喜好或興趣也完全相同。所以我理解阿剛為何一下就能從我的反應裡偵測出異狀，馬上就（汪汪叫地）指出「總覺得哪裡不對勁！」

「才沒有咧，我什麼也沒改變啊。」我裝傻。

「是這樣嗎?那就好，也許是我自己有問題吧。」這樣說完的他，回到自己的位子上，繼續喝著酒卻又一臉認真，難得讓他陷入思考。

阿剛這個人，大致來說與「陷入長考」這四個字是沾不上邊的。像個海盜大口吃肉、像牛般豪飲，流了汗就喝水，餓了就大吃，哄堂大笑，當你正想著他要開車去哪裡時，他早已為女人的身體飛奔而去，覺得自己有錢有閒，因此洋洋得意，瞧不起人。自認為頭腦很好，有次他提到大學時代的朋友，一個頭腦比他好的人（他也承認有這樣的人），口氣輕蔑地說：「我才不想與那種無聊的人競爭。」

在他眼中，那些因為貧窮、朝不保夕、出身低的男人為了要脫離底層生活，只有拚了命地努力，所謂的榜首全都是這種類型，他們的背後可能藏著整個家族的悲劇，或是肩負起家鄉父老的期望於一身，所以只能像白痴一樣地奮鬥。

總歸一句，只要是頭腦比他好的人，全都是貧民出身。阿剛是如此理解並且完全不顧事實如何。有錢人的特徵是覺得付錢是一種骯髒的行為，即使有錢也不太喜歡付錢，所以他才會替甲斐隆之出餿主意，教他要給美美的錢不要一下子就拿出來。從這點看來，我還滿討厭阿剛。我自己也是個錢嫂（小氣鬼），所以很明白小氣鬼在想什麼。

簡單來說，阿剛雖然討人厭，但我卻意外地喜歡他，像喜歡同類一樣的感情。我也很好奇自己在阿剛的腦中是怎樣的人，只是以他那種程度的腦袋，我實在想像不出來，也因此我對阿剛的愛情是帶有些許輕侮的。

阿剛一進門就眼睛不安分地四處察看我的房子。要說整理得很整齊，其實是我把生活的痕跡都藏起來了。阿剛是個好奇心很重的人，因此我將所有跟女生有關的東西徹底收拾乾淨，連我設計的產品也都藏起來，完全不想讓這些東西被他看見。而且我還把屋子裡只要有門的地方全都緊緊關上，只在接待客人的角落讓他待著，跟五郎來的時候不同。浴廁的門雖是開著的，但是房間絕不讓他看到。

阿剛假裝要去上廁所，想趁機偷看我睡覺的地方。這狀況我事前就已經料到，早就把門鎖上。阿剛回到工作區角落的這張桌子來時，開口怨道：「為何房間要上鎖？」

「那你又為何偷開人家的房間門？」

「我擔心有壞人躲在裡面。」

「進人家家裡就直闖房間的人才需要提防。」

阿剛笑了一下，接著又說：「喂，有件事情要跟妳商量。」

「什麼事？」

「東神戶有棟剛蓋好的公寓，我想買一戶，妳來跟我一起住好不好？」

「啊，那這裡不就要收起來，我不要啦。」

「這裡就做妳的工作室，然後再從那邊過來這裡上班不就好了？我每天早上要去公司前開車送妳。」

「這樣好像不錯吔。」

說完我才發現：「這麼說來，就是要一起生活囉，跟阿剛你。」

「我想到就覺得應該會很不錯，我們可以從早到晚，不對，是從晚到早都在一起，這樣很好吧。」

「所以是要結婚，不對是同居的意思？」

「嗯，算吧，看是要結婚還是同居都沒差，反正就先一起生活，我想應該會很有趣。」

阿剛故意誇張地對我頻送秋波。

「同樣的價錢可以使用幾倍大的空間呢，真是買到賺到，正好我想買房子，看到在出清，就覺得機不可失！」

這下換我大笑了。

「從晚到早都跟你在一起，怎麼會有這麼奇怪的發想？反正想在一起的時候，就再找對方不就好了嗎？」

「嗯，是啦，這樣說也沒錯啦。」

「總之，像現在這樣，我沒有乃里房間的鑰匙，讓我感到不安，會想說這個時候，是不是有誰在裡面之類的。」

阿剛難得一臉害羞的樣子。

「總之，你想獨占的意思？想要我只專屬於你？」

「不是，我不喜歡這種想法，總之應該是啊，我們也沒特別期待，就變這樣了。就因為我們都想住在一起，然後順其自然地就走在一起。啊就覺得這樣比較幸福啊，所以，就想要那樣子生活下去。」

「這種事情我想再等二十年也不會發生吧，一定不可能這樣想的啊。」

「試試看嘛，一定會很好玩，我們會合得來的，我總覺得乃里大人跟我很合。」

「是嘛。」阿剛說的話，我一部分認同，但是腦中完全不把它當一回事，只認為是才剛過完年就有好笑的事發生。

「那一起生活要做什麼？」

「早上起床前第一件事情就是做愛的交流。」

「哦，我笑得肚子好痛喔，這樣說好不像你喔。」

「妳不要說話，我也有文青的一面。喝牛奶、吃完早餐後，兩人一起開車到大阪上班，在車裡不要聽什麼電台廣播或是音樂，才沒那個空。」

「嗯哼。」

「因為我們要說話。雖然至今我在車上都會聽廣播，但其實我再也不想聽了！最好是兩個人可以一路聊天，我想要跟乃里大人說話。」

「是喔，可是我覺得聽廣播比較好吔。」

「我不是叫妳先不要說話嗎。我喜歡第一次我帶妳去六甲山時那樣，在車上一路都在聊天，那次真的好開心，我永遠不會忘記，每次在車上聽廣播都會想起那時。」

我都忘了自己說過什麼。

「兩個人坐在車上不聊天還聽廣播的傢伙不知在想什麼。」

「那聊天之後又要幹什麼？」

「到了公司，啊不，在那之前先到乃里這邊，讓妳下車，然後來個kiss goodbye。」

「每天早上？」

「不可以嗎？」

「我怎麼覺得你是奇怪的電視節目看太多了？」

連我都要擔心起來，今天的阿剛沒有往常的風趣，有點不太一樣，他那亂七八糟的腦袋裡不知在想什麼。

「回家時也是我開車來接妳，然後也一樣不收聽廣播，要聊今天發生的事。」

「回到家之後呢？」

「乃里大人做菜，我趁這段時間把窗戶打開來通風、開燈、放洗澡水。常常去旅行，不時找朋友來家裡玩，算了，還是不要太常找人來比較好，太麻煩了。兩個人永遠有聊不完的話題，一起吃飯、喝酒、看電視、聽音樂，一直都是兩個人，妳覺得這樣如何？」

不知道是不是喝了酒，還是因為阿剛說的話，我忍不住打了個哈欠。

我當然一點也不想與阿剛兩個人過生活，再加上工作若要跟家裡分開，每天通勤，也太不方便了。首先，我希望可以住在一起的男人是五郎，不是阿剛。再者，身為一個女人，比起同居，還是想要結婚。說實話，三浦美美雖然只是借用戶籍跟五郎假結婚，我玉木乃里子跟阿剛真同居，相較之下我實在非常非常嫉妒美美。

「總之，妳考慮一下，我覺得一定行得通啦。」阿剛說道。

我問他是不是到處都有這樣的「小公館」，我只是他其中的一個女人。

「並沒有。我這個人雖然任性，但還不至於如此，這點妳可以放心，而且如果有的話，我早就被我老爸老媽念到不行。」他邊點起菸來邊說。

「這是為了躲過我爸媽的眼線想到的方法，我真的付出行動的，只有乃里大人妳一個而已。」

「啊，你看那邊，是不是失火了!?」我大喊。

窗戶外面的大阪街頭，有一處正有濃煙竄升，過年期間工廠都休息，煙囪也沒有排煙，所以非常醒目。

「那邊發生火災了!」在夕陽之中，白煙愈來愈擴大，不過是在很遠的那一方。阿剛只瞄了一眼，就說：「管它的，反正，如果妳哪天想想覺得有意思的話，再打電話跟我說。」

「要說什麼？」

「什麼都不用多說，就給我個電話，說妳願意就可以了。」

我覺得是絕對不可能的事，但（與其說是順從，倒不如是想快點結果這個話題）還是回答說好。

阿剛說年菜箱盒中的煮栗子跟黑豆很好吃，於是吃了一堆。

「好想休息一下喔。」他說。

我打死不想讓他賴在這裡，這是女人的城堡，只能讓一個男人待到天明（別問我為什麼）。如果是五郎提出來的要求完全沒問題，換成阿剛，門都沒有。

阿剛沒辦法，只好提議：「那我們去外面？」

「好麻煩喔。」

「開車去呀，又沒要妳走路。」

「現在還是過年期間，店家都沒開吧。」

「那去六甲那邊，現在一定積了不少雪，我們可以在壁爐燒柴取暖，一定很好玩。去那個幕末的別墅渡假……」

「啊，火災終於滅了，看來只是小事故。」我才這樣說阿剛，阿剛就大發脾氣：「妳不要太過分！」把抽沒兩口的香菸往菸灰缸裡摁熄，然後站起來，把我從沙發上拉起來，在我原本的位子坐下，然後再把我拉下坐在他的膝蓋上，他從後面抱住我。

玻璃窗外是雲層厚重的冬季夕陽之景，透過這扇窗，可看到對面大樓裡的所有動靜，但因為現在是過年，辦公大樓全都拉上百葉簾，回歸一片靜默；樓下的大馬路上也沒幾輛車，更沒人走在路上。所以，阿剛抱緊我，將我的褲襪拉下脫掉時，也沒有外面的人看到，雖然我家的蕾絲窗簾沒拉上。我抵抗著，阿剛從我身後整個抱住不讓我動：「就不能乖乖不要動嗎？」他邊說邊使力，他的力量好大。他在我身後咬著我的耳垂，吹了口熱氣，小小聲地說：「都已經做過×次了。」

一瞬間，我想，阿剛竟然會算我跟他做過幾次，該不會是對我動了真心了吧，否則怎麼可能說得出這是第幾次?像我就不記得。說不定阿剛真的是愛上我了，因而將每一次微妙的情感變化在記憶中累積著，將每一回不同的感受都銘記在心。我有一點，被感動了。

「我想我們一起生活會很有趣。」阿剛在我身後又再提了這件事，然後將我輕輕地抱起，脫光衣服，露出濃厚體毛的他，再讓我坐在膝上，緊緊地將我擁入懷中。「妳就不能說好嗎？」接著便將手扣在我的後腦勺上，強迫我點頭。我忍不住笑了起來，他就是這麼一個會一邊打鬧還不忘說情話哄人的男子。

接著我們就倒在沙發上，享受兩人的濃情時光。

「這個紅包還滿意嗎？」阿剛邊整理衣裝，照著鏡子梳頭。

「拜託，我還覺得是我包紅包給你好不好。」我說完，阿剛便放聲大笑，屈身親了我一下。「那下次還要再包喔。」說完便走出門，隨即又轉身回來說：「我真的包了一個紅包要給妳。」（當然是開玩笑的）逗我笑了之後，就走了，這次真的沒再回來。

新年假期的最後一天，美美打電話給我。

「妳敢吃山豬肉嗎？我從老家帶來的。我想說是要給乃里子的，所以挑了最好吃的部分回來喲。」

「可以煮牡丹鍋，好吧，給我。」

「妳知道牡丹鍋怎麼做喔？要用味噌湯底，沾醬跟吃壽喜燒一樣。」

「嗯，我知道，謝謝妳讓我也分一杯羹，我叫五郎哥也過來跟我們一起吃吧。」

聽我這麼一說，美美哈哈笑。

「小五哥已經吃到怕了啦。」

「妳也給五郎囉？」

「他跟我一起回鄉下啊，小五哥說我一個人危險，就陪我回去了。」

我不知道有這段。

「而且在鄉下每天吃吃喝喝的。鄉下的習慣都嘛很誇張，連續辦桌三天三夜吃個不停。」

「慶祝新年嗎？」過年連吃三天也是常有的事。

美美笑說：「不是，是喜宴。」

「什麼？」

「啊就我們兩個一起回去啊，我又大肚子，我媽帶頭，整個村的人都跑來，就變成吃喜酒了。看大家這樣，我們又不能大喊說不是這樣的，小五哥雖然也覺得有些困擾，但既然已經上了賊船了，就只好陪大家喝下去囉，只是他一直念說這樣好奇怪……」

我一點都不覺得奇怪，從我的角度看五郎跟美美，根本就已經一步步走向結婚的實境裡去了。

4

人生真的得要多做各種嘗試。

有一天，我坐國鐵去神戶。因為工作的關係，要去神戶的一家百貨公司，順便也去元町一家展售我設計的小物、娃娃的店看看。之前每次去神戶，我都是搭私鐵。京都、大阪、神戶一帶的私鐵盛行，有密集的鐵路網，所以搭私鐵方便又快速。國鐵光要爬上月台就得先爬好長一段樓梯，累都累死了。當你還在大阪站爬樓梯時，搭私鐵的「阪急」或是「阪神」說不定早就到了。會選擇搭國鐵的人，大概是很喜歡旅行吧。

但是那一天，不知怎麼回事，竟然沒來由地去搭國鐵，一步一腳印地爬上那象徵權威、令人感到膽怯的樓梯。一上月台，西行的電車正停靠著，當我正要朝唯二的車廂之一踏進去時，發現一處四人座的窗邊，坐著五郎。人生要多做各種嘗試，指的就是這件事。如果我沒去搭國鐵，我們就不會碰上了。想見時都見不到面，反而沒有期待，就突然看到對方，這就叫作偶然。

車上的坐位很空，下午兩點正是電車最空的時候。五郎正讀著報紙。當時的心情，該如何形容呢？如果遇到的是水野，我應該飛也似地坐到他前面的座位然後反身、雙腳跪在椅子上開心地搖來搖去；若是遇見阿剛的話（話說，有點難以想像阿剛會搭電車）也會毫不猶豫地走向他、拍他的肩膀，然後往他旁邊的座位一擠，叫他滾去別的地方坐。但遇到五郎該怎麼辦呢？我高興地快不能呼吸，之後突然心念一轉，覺得這樣的幸運就像拿骨頭騙小狗，是神充滿惡意的玩笑。

有一種心情是因為太過高興反而擺起臭臉，那時的我便是這樣靜靜地開口喊了一聲：「小五哥」。五郎很驚訝地看著我，由衷開心地對我笑了。他這種單純、無心機、真心感到高興的笑容總是讓我絕望。那不是一個男人看著女人時會有的目光，而是看到自小像兄妹般一起玩到大、愛吵架的小妹妹的目光，單純因為巧遇而歡喜的眼神。別說是水野了，就連中谷剛看到我時還會顯露出有色的、帶有情欲的眼光。

我在他面前坐下，電車已經駛離車站，車內仍舊空蕩蕩的。

「好難得在這種地方遇見。」

「小五哥工作嗎？」

「嗯，要去一趟三宮。」五郎說了站前一棟大樓的名字，算算到那之前我們至少有數十分鐘的時間相處。我想要像電車前進一樣，一分一秒都別浪費了。五郎將報紙摺起，問我：「妳吃了那豬肉沒？美美帶回來的。」

我收到那令人怨恨的豬肉，全都丟給大樓管理員了。我很想問問五郎有關那趟旅行的事，但又怕聽到不想聽的，不過最後還是抵擋不了誘惑，開口問道：

「聽說妳跟美美回老家，受到熱烈歡迎，感覺如何？」

「嗯，一直被灌酒。」

「被當成新郎了吧？」

「哎，一不小心就變那樣了。真是誰是誰都不知道，村裡的人一個接一個來，說這個是嬸嬸娘家那邊堂哥的小孩、那個是死掉的阿媽的繼子的姻親等等，我根本就記不住。」五郎笑著說，但我卻很不爽。

「去到那種地方就是這樣。那之後做了什麼？」

「因為實在太複雜了，我就拿出筆記本來畫他們的家譜，讓這些人的關係清楚明白些，而且也實在是太好打發時間了。結果一畫出來才發現，這個村子裡的人原來全都是親戚，這些說要來跟我認識的阿公阿嬤叔叔伯伯嬸嬸阿姨到年輕的堂哥表妹、阿公的兄弟姊妹的孫子孫女一個接一個來敲門，而且是一大早就來等著美美家開門，大家都開開心心地來訪，我想逃也逃不了。」

「那小五哥怎麼跟他們打招呼呢？」

「我其實沒特別說什麼，只是不知不覺就被介紹是美美的先生，之後若要一一解釋也太麻煩了，就默默地隨他們去說了。」五郎漫不經心地輕輕拍去落在褲子上的菸灰，我因為嫉妒，眼前一片黑暗。五郎與美美被當成一對夫妻，不知道他們是否睡在同一間房間裡。我很想問但又怕這太隱私，結果還是問了。我這個人就是沉不住氣，我媽沒生忍耐力給我。「那你該不會被安排跟美美睡在一起了吧？」我小心翼翼地盡可能輕鬆地開口問道，五郎也沒發現我焦躁的心情，隨意地回答：「不，我根本沒時間睡，才正想睡的時候，就被拉著衣角不放，說再一下就好、再一下就好，然後再一下就天亮了，最後不管是誰都累了隨地倒頭就睡，一睡醒又洗把臉再繼續喝，就這樣無止無休，我真的不知道事情變成這樣，真是太亂來了。」五郎說他自從那次之後就不敢喝酒了，現在看到酒都會怕。

五郎不喝酒，讓我覺得有點寂寞。本來灌他酒都無法讓他醉，現在不喝了，更不可能把他撂倒。我悄悄地偷看他，五郎現在正說著在那個村裡的事情。堅固的農舍有著稻草屋頂，看起來像是畫裡才會出現的景色，小河上有座橋，小學分部裡是可愛的木造校舍，一下雪，家家戶戶都會點燈，到了早上時，雪會掛在電線上滑動。「那真是一個很棒的小村，乃里如果也一起去就好了。」五郎說。他乾淨的脖子（五郎的頭髮剪得很短）、滑溜的肌膚（先前他在沖澡時我看過）、曬得均勻的膚色、還有他雖瘦卻沒來由讓人感到性感而本人完全無所覺的體魄（換句話說就是完全不明白自己所擁有的魅力，且漫不經心），看得我都好想出手。男人對女人的欲望是否也是這樣呢，我想。將這個可口的五郎綁架三、四天的美美真是太可恨了。啊！我好想摸摸五郎。

「下一次五郎換跟我去一個不是美美老家的鄉下吧，找一個什麼都沒有，安靜、平凡的小村莊。」

「那就去兵庫縣的深山裡就有一堆啦。」五郎回答。

「就我們兩個人去，可以嗎？」

「不找美美一起嗎？」

「誰教你們先丟下我！」我說得好像是想報復一樣。電車貼著山壁行走，感覺就在窗邊而已，接著就進到神戶了，我焦急了起來，捉著他的腿搖來搖去，又再假裝隨口問問：「你真的沒對美美出手？」

「喂！喂！妳是笨蛋嗎？自己想想怎麼可能，美美現在可是聖母瑪莉亞呢！」五郎真的以為我在開玩笑。接著車子到站了，我依依不捨地問他：「你工作幾點會結束？」

「不知道吔，改天再聯絡吧。」五郎在走往地下街時，對我揮了揮手，接著就進到那棟大樓去了。

之後幾天我因為在神戶的工作還沒完成，都搭電車去，卻再也沒有遇見五郎了，只有一次是阿剛打電話來，聽我說要去神戶，他馬上接口：「那我載妳去吧，反正今天不用去公司。」阿剛把車停在百貨公司的停車場，說會等到我事情辦完。之後他說要送我回去，但時間還早，可以找點事做，但我一想到若回到我那邊，他大概就會待到隔天天亮了。突然他想到一個意外的點子，「要不要找個地方玩？去動物園吧？」

「哦，好吧。」在這種地方我跟阿剛就真的很合，他很清楚什麼事情我會覺得有趣。

「有一次我們聊過啊，應該是第一次約會吧，去六甲山的路上，妳不是提到動物園嗎，還講到猴子的事情。」

「有喔，我說過這些事？」

「妳忘了嗎？我倒是一直記得那個時候的事呢，才會現在想到要去動物園。」

神戶的動物園在王子，那裡很有神戶的特色，整個園區巧妙地利用了山丘、斜坡做了很多變化，樹也很多，非常漂亮。那天天氣很好，也許是有溫暖陽光的關係吧，雖是平常日，卻有很多人帶小朋友來。這裡有好多種猩猩，像是紅毛猩猩、黑猩猩等等，看都看不膩。牠們有時玩玩吊在半空的輪胎、有時不知是無聊了還是覺得冷，就躲回小屋裡去。有隻母的黑猩猩獨自蹲在外面，另一隻公黑猩猩特地從小屋走出來，對牠招手，像是在說：「喂，快點進來啦。」最後兩隻一起走了進去。

看到這一幕，我跟阿剛都笑個不停。

我們手牽手在園區裡散步，意外地發現中年情侶還不少，有的一前一後走著，有的在看企鵝，有的則是看白熊所在的小島。白熊的毛色有點黃，在看來冰涼的水中，悠閒地游泳。

我雖然好久沒來動物園，阿剛竟然更誇張說他有幾十年，大概是自小學畢業後就沒進過動物園了。冷冽的空氣取代了動物的臭味，只要一離開柵欄邊，就聞不到臭氣。

大象在吃飯，我跟阿剛就像小孩子一樣，趴在欄杆上，熱衷地看著。兩頭大象旁若無人地專心用餐，運用鼻子將堆積成一座小山的馬鈴薯、地瓜、紅蘿蔔及綜合飼料一一送進嘴裡，牠們靈巧地以鼻尖捲起地瓜，往牙齒後方的嘴裡送去。兩片大耳朵形狀像揉過再攤開的舊抹布，風吹來就如旗幟般飄動，搧呀搧，又不時抖個兩下，專心致志地吃著食物。

「原來大象也會這樣抖呀抖的。」阿剛笑道，說完便直盯著我看。我說：「不要這樣深情地望著我。」

「乃里大人常會說些很有趣的話，讓我突然好想要喔，可以在那張長椅上給我嗎？」

「沒禮貌。」

「我是說真的，我忍不住了。妳常常說出奇妙的事，讓我覺得妳好可愛……」

「被你這種變態喜歡還滿困擾的。」我說完，阿剛就張著大象般的小眼睛，朗聲大笑。

最靠近山側的是河馬與獅子區。遠方可見白雪積頭的山脈，異人館座落山腳，還看得到一間名為海星的女子學校裡的聖母瑪莉亞像，是風景最美的一個角落。這塊靜謐的高台地之上是一望無際的廣闊天空，河馬潛在水中，只露出鼻子的一部分；隔壁的獅子不是躲在小屋裡，就是躺在草地或是水灘旁。我坐在長椅上，阿剛也緊緊挨著我坐著，他說：「好溫暖喔，乃里大人好溫暖。」接著又湊在我耳邊：「妳那裡更暖，又可愛又美味又溫暖。」我用鞋跟朝他的小腿脛用力踹去。

「好痛！妳是河馬嗎妳。我跟妳說，那棟公寓我已經買了，在東神戶的那間。」阿剛說得好像是去買包菸一樣輕鬆。

「不快點出手的話，一下就賣光了，現在房子都賣得好快喔。」

「哦，這樣啊。」跟我沒關係。

「喂喂，那妳要不要跟我一起住嘛。」

「麻煩死了。」

「不要說這種不可愛的話，就算只是騙我，答應一下我也會很開心。」

「阿剛你還有很多人可以跟你一起住呀。」這是我百思不得其解的問題。阿剛身邊明明就有很多女人，而且都是他炫耀給我聽的，他說那些女人多到就像是撲克牌一樣，可以拿來洗牌、在桌上排成一排。

「那是另一回事，我想跟乃里大人一起住，我是認真的。」

但是我從來沒把阿剛的話當真過，一次都沒有。阿剛在我的字典裡是「一半因為有趣、一半因為想玩玩」而交往的男人，這也是回報阿剛如此看待我的態度，至少我覺得他是如此。

「嗯，這下可麻煩了，我可是認真的呢。」阿剛抓抓他的頭。此時我們還牽著彼此的手，但因為阿剛很高，看起來像是他拖著我走。

在門口附近，有個水池裡站著許多漂亮的火鶴，牠們是種身帶耀眼粉紅色的鳥，那顏色實在太美麗了，甚至不像是這個世界應有。鸚鵡羽毛的顏色雖然也很漂亮，但火鶴淡粉紅色的羽毛比任何鳥類都還要美麗，讓我好想要將牠畫進我之後的畫作裡。

「你身上有沒有紙，我想畫畫。」我對阿剛說。他從外套口袋裡拿出筆記本，撕下後面的空白頁，跟原子筆一起交給我。我素描的時候，阿剛點起香菸，坐在一旁的長椅上等著。不知道是真的對畫一點興趣都沒有還是因為禮貌的關係，他沒有偷看我在畫什麼。我畫完後直接收進包包裡，把筆往阿剛胸前的口袋一插，兩人並肩坐在長椅上，感受彼此的體溫。

火鶴全都單腳站立，脖子優雅地彎著，將頭埋進牠如柔軟的粉紅色雲朵般的身體裡，閉目養神。

阿剛的手繞過我的背，說：「找個地方休息一下吧，神戶有很多有趣的飯店，怎麼樣？」

「啊啊，這樣下去不行吶。」我小聲地叫著。我一點都不喜歡阿剛，更別說愛了，偏偏身體與他卻是最熟悉、契合。我原本沒有想到會走到這一步，卻慢慢地與阿剛深陷其中。

5

今年的冬天比往常冷且長，大家都說今年的梅花、櫻花開晚了。都會區也被這個冬天給凍壞了，不論是垃圾或是髒東西都結成一團。天空一直都灰撲撲的，在那之下的我，腳踩靴子兩腳交相快步踏出（這不是廢話嗎？）雖然是理所當然的，但低頭看著自己的腳，一陣憐憫、同情與不思議的心情湧起，那感覺好奇特。我感慨自己是如此庸庸碌碌，雖然賺了些錢，卻又不是多到哪裡去，但要我每個月跟男人伸手要錢，自己懶洋洋地躺在床上過一天，或是生個小孩也不錯，這樣優雅而正當地不工作地過生活，我也辦不到，真是不上不下。我所能做的，只有在這陰天之中，匆忙過街，四處巡迴，去承接一件件小案子回來，躲在家中做好後，再次為了要交貨而上街出門，如此不斷重複。所以我只能低頭盯著自己的雙腳，稱讚說真是辛苦了，自我安慰一番。由於工作忙碌，我暫時把美美放在一旁沒去管她，只到某個寒冷的夜晚，她打電話給我說：「情況不太對勁。」我才趕緊搭計程車衝去找她。我抵達時，她已經等不了，由隔壁鄰居太太陪著到醫院去了。鄰居先生是個看起來個性很好，約三十五、六歲的男子，跟他們家的小男孩兩人在家看電視。

我本來想打電話給五郎，但想想又跟他沒關係，就直接趕往醫院去了。美美選的醫院雖然是私立的，卻是頗具規模的婦幼醫院，我在櫃台問了一下，護士小姐告訴我美美的病房。我以為美美會在裡面，結果進去只見到曾有一、兩次打過照面的鄰居太太一個人孤單地坐在椅子上顧行李，她也知道我，一副了然於心地開口對我說：「她正在產房……」鄰居太太是個白白胖胖，樂觀正向的婦人。

「好像比預產期早了一些？」我沒地方坐，就直接坐在床尾。

「嗯，不過最近已有八個月大的早產兒也能順利長大成人的例子，所以不用太擔心啦。」鄰居太太不愧是過來人，能這麼處之泰然。因為不知要等多久才能生，她們家也還有小朋友等著她，我向她道謝並讓她先回去。剩下我一個人也沒事做，便打開美美帶來的包袱看看，裡面大部分都是她自己的東西，有幾套睡衣，一大堆的化妝用具、一盒巧克力、一副撲克牌、幾本漫畫等等，感覺好像是要去渡假一樣。嬰兒服一套，除此之外什麼都沒準備，是因為醫院都會有，一卡皮箱進駐即可。

過了好久美美還沒回來，我有些擔心，決定去護理站看看。美美似乎正在生產的最高峰，喊叫得好大聲，我實在是太擔心了，於是打電話給五郎。雖然已經是晚上十一點了，但還是馬上找到五郎。他不在自己家，而在附近的大哥大嫂家，不過因為很近，大樓管理員只要在樓下朝窗外大喊，就聽得到。

「啊，這樣啊，那我馬上過去，妳跟她老家那邊通知了嗎？」五郎問，我都忘了。

「這樣的話，我來打電話給她母親。嗯，應該會用電報通知，可能要一陣子才能確認收到，還是我來聯絡比較快。」

五郎彷彿是自己的孩子要出生似地緊張不已，我的心情好複雜。說到這兒，抬頭一看發現病房的名牌、美美的東西，全都寫著「三浦美美」的名字，這個事實腐蝕著我的心，我被這嫉妒一口一口侵蝕著，好難過。

如果沒有這些事，那我現在可以多麼輕鬆愜意地期待美美的孩子誕生吶？醫院雖然開了暖氣，但我卻因不安而感到寒冷，我心情低落地將雙手夾在兩腿之間，默默地坐在椅子上發抖。遠方傳來嬰兒的哭聲，不知道是哪間的產房傳出來的，醫院本來就是個喧鬧的場所，到處都有人走動的聲音，說話聲也不絕於耳。五郎敲了敲門後進來時，我真是鬆了一口氣。他站著跟我說：「美美現在的情況如何？她母親說明天一早就趕過來。」

「還沒出來，我覺得有點不大對勁，進去也太久了吧。」

「要不要也通知一下甲斐先生呢？」

「這個嘛……再看一下情況如何再說？」

我們不知不覺地壓低音量討論著。我讓五郎在椅子上坐下來，他脫了外套才剛坐下又馬上站起來說：「我去問一下醫生吧？」正當他要走過去時，有位很年輕的，大概二十出頭的護士過來喊著：「請問先生在嗎？醫生有事要說……」五郎慌慌張張地要跟著她去，一腳撞倒椅子，發出巨大聲響，他很不好意思地說聲抱歉後，便跟在護士的身後走去，那樣子真的就像為孩子要出生而感到興奮的年輕爸爸。我才想要踹倒椅子呢！

五郎去了之後一直沒回來，我愈加感到不安，美美該不會因為難產而死掉吧。我來到走廊，往位在盡頭那邊的廁所走去，牆上貼著粉紅色的瓷磚，螢光燈也將廁所照得明亮。有間廁所在一陣激烈的水聲之後，門開了，有名年輕女子在睡衣外披了件紅色外套從裡面搖搖晃晃地走了出來，她的頭髮蓬亂，眼睛像是兩個黑暗的空洞，臉上掛著淚痕，她看到我，卻是一臉隨便這個世界要變得如何都與我無關的表情，繼續搖搖晃晃地走了出去。婦產醫院，以及住在裡面的女子全都發出一種動物般的臭味，那樣地無奈、哀傷，就像是麻痺地用鼻子將飼料捲起的大象、彎著脖子插進雲朵般的身體，一直閉目的火鶴或是玩著垂吊的輪胎的黑猩猩，如動物般地哀傷，全都一樣是動物。我在蹲式馬桶上邊尿尿邊想著這些事。

雖然美美生了小孩後從此拿來居功自傲會令人討厭，但我一點也不希望她有個什麼萬一，在我心上留下創傷，那感覺就像是看到動物死去，我不想體會。好長的一個寒冷的夜晚過去了，終於在天亮時，美美被放在病床上推回來，兩名護士將她抱起，移到她的病床上。美美的臉色發青，全身無力。聽護士說，是名女嬰。我彎下來在美美耳朵旁邊小聲地說：「恭禧。」此時她才微微張開眼睛，以非常虛弱的聲音回說：「我還沒見過她。」

小寶寶因為未足月，被放在保溫箱裡照顧著，我想去看看她，發現五郎已站在那裡一直看著。我一看嚇了一跳，先前我看過哥哥的小孩，所以知道剛出生的嬰兒是又黑又皺，眼睛腫得張不開，醒著就是張開血紅大口哇哇大哭，不然就是安安靜靜地沉睡著，頭髮稀稀疏疏，乍看之下真的不知該說是人類還是小老鼠。

但是保溫箱中的那個女嬰卻像個人偶般美麗，讓我感到一陣不祥。她太美了，有種美得太奇怪了，不該是這樣的感覺。那孩子的頭髮黝黑，眼睛又大又亮，咕溜溜地轉著，白皙圓潤的雙頰，可愛的嘴型，是個好美麗的嬰孩，然而這並不尋常，剛出生的小嬰兒，不該有這般的美麗。

「好像會很辛苦。」五郎說道。他已經站在這裡一個小時，一直盯著她看。

「因為太可愛了。」

「太可愛並不是件好事。」

「嗯。聽說是難產，經過一整個晚上，羊水先破了流出來……」

我因為沒有經驗，不知道那是什麼情況。或許是這樣，小孩才沒有被泡得皺皺的，我將兩件事聯想在一起。就在我們看著嬰兒的時候，天亮了。我回到病房去看美美，她應該是累壞了，睡得很沉。三十分鐘過後，五郎回來了，對我招招手，把我叫到走廊上去。

「剛才，死掉了。」他不知是不是也太累了，公事公辦地宣告著。

「醫生說，不要讓美美看到孩子比較好。」

「嗯，也是，但是她母親怎麼辦？」我也因為疲累，聲音沙啞。

「上午就會到了吧，是不是該讓她見一面？」

「不，不論是她母親還是美美，看了只是徒增煩惱，不是嗎？」

我有點被五郎的話感動。他總是這樣注意小地方、用心、將煩惱二字變得輕盈些。

「我今天早上得要去處理一些事，總之，我先去一趟公司，之後再趕回來。」

「嗯，沒關係，這裡有我在。」我其實也有非做不可的事，但心裡暗自想著先延後再說。

「可能會需要請醫院開立死亡證明書或是埋葬許可之類的文件，即使是小嬰兒。」

「嗯。」五郎說完，然後此時才想到似地拿出菸來抽，他下巴冒出鬍子，一臉憔悴。

「接著會裝進瓦楞紙箱裡吧。」

「得幫她念經超渡……。」我說。五郎吐了口煙默不作答，那樣子像是失去當父親的機會，因為太失落而失了心神。仔細想想，這局面雖奇怪，但情感上我能理解，會發展到這樣真也沒辦法。

「總之，你先回家一趟再去公司，美美有我看著。之後她母親來再請她看著，我去處理小寶寶的事。就算只是小寶寶，還是要簡單做個法事，不然太可憐了。」

「嗯，我也盡快趕回來。」五郎說完便進房間裡拿外套出來，穿上外套後將雙手插進外套口袋裡，對我說：「那就拜託妳了。」走了兩步又回來：「不好意思麻煩妳，辛苦了。」

是不是有什麼地方搞錯了呢？那個箱子裡裝著的，如京人偶般美得不尋常的小嬰兒可不是你五郎的孩子喲。他似乎把錯覺當真了，該道謝的是我才對呀。我走進病房看美美，護士小姐也在，正檢查著美美的胸部，然後可能把我當成美美的親屬吧，小聲而沉痛地對我說「真遺憾。」這名中年的護士小姐應該是個有孩子的人。「不過，之後還是可以再來一次啦。」她一邊探著美美的鼻息，一邊說：「有種說法是把孩子生回來。」說完便出去了。

那天早上的第一道光射進病房裡，帶來淡淡的溫暖。美美還在睡，我去廁所洗把臉，水還不夠熱，像冰一般刺骨。我想到昨天夜裡在這裡遇到的那名女子，一定也是跟美美一樣失去了孩子，或是死胎吧。「死胎」這兩個字，殘酷得發出腥臭味。我一回到病房，發現裡頭正在大吵大鬧。美美醒來，自己走到放保溫箱的房間想找她的孩子，看到那孩子已蓋上了白布被移到一旁的床上去，美美當場暈倒在地，醫生護士急忙將她扶起帶回房間。

美美哭泣著，一群護士圍在身旁安慰她，她一看到我立刻捉著我的手大聲哭喊著：「乃里子，小寶寶死掉了啦！」似乎不知道我已比她更早得知這件事。我的眼裡浮出淚水（不知是否該說，連我這鐵石心腸也落淚了）。與其說是跟著一起哭，倒不如說是打從心深處湧出的眼淚更為貼切。與其說是同情她的不幸，更多的是深切的哀傷。可以這樣哇哇大哭，大家都來安慰她、讓五郎同情她，甚至是使他傷心，美美能這樣隨心所欲地活著，真是令人欣羨的人生。我眼中浮出的淚水有一部分是因為羨慕與自我憐憫。

但哭著哭著，我也為那可憐的小寶寶，那個被裝在瓦楞紙箱中，已前往天國的小小京人偶而哀傷哭泣。我看到她的時候，她曾虛弱地動了一下，拚命地想要活下去，身上插著好多管子，眼睛咕溜溜地轉動著，也許是在尋找著美美的身影。然而這些話若跟美美提起，一定會讓她哭得更傷心，我決定把它藏在心裡。美美哭喊著說：「讓她穿上嬰兒服，給我抱抱，至少讓我抱她一次。」護士小姐們按住她，怕她太激動。有些年輕小護士也忍不住跟著流淚。我也哭紅了鼻子，精神狀態實在太糟。也因此，我片面地在心中認定，美美將從五郎的戶籍中移出，她不再是三浦美美了，一切都已結束，事情終於落幕，我這樣想著。五郎應該已經跟美美沒有關係了。

6

那孩子的名字叫「櫻子」。若是連名字都沒有實在太可憐了，於是美美就用先前已準備好的名字為她命名。漢字寫成「櫻子」，卻念作「花子」。

「真是個好名字。」我安慰著美美。她汲著淚眼說：「那是五郎哥想的。」美美也覺得非常好。但說到底終究還是不吉利的名字，如櫻花般開了很快就散了。我為了辦各種手續四處奔走，美美還得多住院休養幾天。因為得同時提出「出生證明書」與「死亡證明書」的申請，所以「三浦櫻子」這名字馬上就派上用場，真是個好名字。下一步，大概就是美美的名字，因為離婚得被抹消了吧。

我去了區公所一趟，也打電話給葬儀社，請他們介紹法師（這些都多虧五郎大哥夫妻幫忙。他們第一次聽到五郎有老婆嚇了一大跳，但還是很快地回過神來，大嫂還馬上就趕到醫院來探望，大概是五郎平時的人品、表現良好的關係吧）我忙得團團轉。

美美的母親中午過後趕到。我也是第一次見到她，是個身體硬朗、膚色曬成牛皮紙色蠟黃，十足的農婦。她身穿和服，兩手提著大包小包地進到病房裡。美美跟母親一見面，不免又大大地感嘆了一番。小寶寶已被換上嬰兒服，抱到美美的身旁，她的小臉蒼白，頭髮黑而潤澤，手已有些發紫，小小的手指縮著，即使已經離開了，仍舊是非常可愛，眼睛閉著，嘴巴微微張開，露出小小的舌頭。美美的母親抱著她邊哭邊說：「啊，是妳啊，真是可憐，竟然撐不下去就這樣死了……來，給我抱一下。」

換到美美手中時，美美深深地看著她，將臉貼上小寶寶的臉頰，親了她一下後，便用盡全力忘我地大哭一場，將寶寶放在棉被上與她靠在一起，看著她，又再次放聲大哭。利用午休來探望的五郎看著這一幕也哭了。

靠在門邊的我流著淚，卻也有點被美美哭天搶地的樣子給嚇呆了。以前在國文課學到「哭」有各種程度與用字來形容，大聲地哭泣用「哭」來形容，而咬牙忍住心中的悲痛，靜靜地讓淚在臉上流淌則是「泣」，我想，像美美就是不論何時都能大聲「哭」的女人吧。如果有「狂笑」，相對就會有「狂哭」。我則是屬於「泣」。

小寶寶櫻子可愛的眼睛緊閉著，在大家的手中抱來抱去。我也抱了她，感覺到一種無以倫比的輕盈可愛，當我的手傳來她的輕盈時，我第一次為了一個嬰兒，真正地哭泣。之後醫生來把嬰兒接走，一個年輕矮胖的醫生，他告訴美美的母親說，美美因為骨盤狹窄，因此孩子在通過產道時受了不少苦，她為了誕生而拚命努力，最後因過度疲累而無法存活。過程中，美美的母親口中不斷地念著不知是金天教的祝詞或是經文。五郎讓小寶寶躺下，用他帶來的相機為她拍照。先前我們曾商量過不要讓美美及她母親看到小寶寶，但最終還是演變成這樣混亂的局面。為死去的孩子拍照，之後看了也只是徒增傷心，但我也不便阻止，只靜靜地一旁看著，小寶寶像是沉沉地睡去。

美美的母親一直在她身邊看顧著。奇怪的是，她母親從頭到尾沒向我說過一聲謝謝（雖然我是無所謂），一有空就對著放在美美枕頭邊的護身符，以顫抖的聲音念著：「向高天原……」並膜拜，在我看來，她那樣子真的異於常人。至於美美，則仍陷在悲傷之中。傍晚，五郎下班之後過來醫院，那時我也剛處理完自己的事情又再回來。

美美說她開始漲乳，一位中年的護士小姐拿著胸衣及束胸，為她緊緊束上，因此五郎暫時站在走廊上等著。

「請打起精神來。」護士小姐是個好人，也是一直話說個不停的人，不斷試著要安慰美美。「妳還年輕，想生幾個就能再生幾個。妳知道嗎，如果母體好好休養，很快就會康復，還能把失去的寶寶再生回來喲，下一次一定是個健康的白胖寶寶，人家說小孩死去之後可以馬上又再生回來。只要休息兩個月，就能再懷孕了，只要有了，就能忘掉上一次的事。我自己也是呀，太太，我的孩子三個月大時就死掉了，那麼可愛的寶寶走的時候，我真的很想跟他一起死，每次想起來就哭個不停呢。不過後來很快地又懷了下一胎，所以不知不覺地就忘了悲傷，終於可以笑了。」護士小姐溫暖的話，讓美美的眼淚又掉個不停。美美的媽媽又大聲地念了一次祝詞，她雖然穿著醫院提供的拖鞋，但是兩腳卻是不同色。五郎進來之後只是靜靜地站在一旁，整理他的相機包。我有一種將不幸放在五郎與美美之間，並一路旁觀的感覺。

「明天要去火葬場……」我在病房的角落小聲地在五郎耳邊說。

「要將她葬在五郎家的墓地對嗎？是你嫂嫂安排的。」

「啊對。」五郎這才大夢初醒，我們移到走廊上去商討相關事宜。得先火葬場接著又要去墓地，搭計程車不太方便，而且也想順便跟甲斐隆之說明一下現在的狀況，於是打了通電話給他，但公司的人說他兩、三天前就去北海道出差了。我只好打電話找阿剛。成天只想給我紅包（況且，那紅包根本不是他給我，正確說來是我包給他的好嘛），有事時也請給我好好發揮作用，這就是男性友人存在的價值。

打給阿剛的電話不是先前的女孩子接的，而是男人的聲音。阿剛的電話是直通辦公室不用經過總機轉接，這名男子說：「您要找副社長嗎？他今天不在。」

「呃，我要找的是中谷剛先生。」

「嗯，沒錯，他今天大概是在廣野吧。」

「他去廣野做什麼呢？」我問。

「打高爾夫球。」男子說完便掛上電話。他大概是聽了我的聲音之後大致可分辨得出是否是為公事打來的，聲音裡隱含著輕蔑的笑意。

王八蛋！我管你阿剛是副社長還是社長的（讓那個色胚又沒經驗的傢伙當副社長，日本經濟如何能安定！）在這節骨眼上還給我去打什麼高爾夫球啦！

隔天，我一整天都在為櫻子的喪事奔走。請法師為她頌經超渡、到墓地去納骨進塔也都是我。那真的是好小好小，用一條香菸盒就夠裝的遺骨。中途五郎的哥哥也來了，五郎因為公司正忙怎麼也抽不開身，美美的母親則是要陪著哭啼不休的美美，一得空還要幫忙念祝詞，也夠她忙了。

我一路打理到最後，也先墊了給法師的布施，付這個付那個的，每一項都不忘跟對方要收據。結束後，五郎的哥哥請我去喝杯茶，一坐下來，便向我低頭道謝：「謝謝妳幫了這麼多忙。」這是我這一陣子以來所見過最正式的道謝。

「只是啊……」五郎的大哥歪著頭，一邊拿出菸來點上。「五郎什麼時候變成這樣的啊？」我不知道五郎是怎麼跟家裡面說這件事，只有默默低頭撥弄著湯匙。

「之前一點跡象都沒有，聽到時真的是嚇了一大跳。五郎本來是個不會讓人操心的孩子，沒想到一下子爆出這麼大的事情，我昨天也忍不住發火了。」

五郎的大哥是個四十多歲的老實上班族，有個已經讀高中的女兒，個性樸實。我想應該讓他知道真相，於是將美美的事情，還有櫻子其實是她跟男友甲斐隆之的小孩，五郎只是借她報戶口用的等等都告訴他了。「雖然您可能會覺得太荒謬而無法置信。」我最後說道。但大哥卻不感到驚訝，吐了一口煙說：「很像五郎會做的事情。」又接著說：「老實說，我從以前就認為乃里子跟五郎感情那麼好，想過你們以後會結婚吧，所以一開始五郎說什麼有小孩了，小孩夭折了，我從頭到尾都以為他的對象是乃里子啊……」

這段真誠、溫柔且又出自我所尊敬的人說的話，透露著「你可以跟我說，我會理解」、「成熟包容」之意，打破了我心中的平衡。一直以來我是那樣努力地活著，但卻沒有人為我說句公道話，偏偏我的個性使然，讓我做不到像美美那樣可以大聲哭泣、一不高興就跺腳耍脾氣，大家都覺得我這樣很好啊，大哥是第一個對壓抑的我給予關心、「摸摸我的頭」的人。我眼淚就快決堤，卻硬是忍住，默默無語。

「總之這次真的謝謝乃里子的幫忙。」大哥又再一次誠心地對我低頭道謝。這樣的禮數也正是隔在我跟五郎之間，永遠無法再進一步的緣由。這點，我很清楚。

之後我又再回到醫院，帶了美美喜歡的鯛魚燒跟泡芙。進門時看見美美正大口大口地吃著壽司捲，食欲也未免太好，這女人總是讓人驚訝。

「妳已經可以吃這些東西了嗎？」我邊說邊將帶來的點心打開，美美眼睛為之一亮，說：「啊，這個我也要吃。」美美的母親也輸人不輸陣，一口接一口吃著，還以命令式的口吻對我說：「啊，那個水壺幫我拿去加熱水，這樣才有茶喝。」我把美美交給她母親照顧後就告辭了。事情處理得差不多了，五郎也安心地離開醫院。

「骨灰罈大概，這麼小吧……」我用手比了一下大小。

「我跟你哥哥一起將她放進你們家的墓地，就是在上町的那間寺廟。這才知道五郎你們家有個這麼古老的墓地啊。」

「嗯，那，我哥有沒有說什麼？」

「他嚇了一大跳，不過我跟他說明事情原委，他似乎可以理解。」我沒提到大哥說以為五郎會跟我結婚的事，雖然我是個厚臉皮的女人，但多少還有些矜持。「他只說很像你的作風。」我跟五郎說。他默默地陷入長考，我本來想問他打算何時讓美美的戶籍移出，也就先不問了。

美美在醫院待了一個多星期才出院，她母親只待到第五天就回去了，後面幾天以及出院手續等又落到我頭上。不過這次有甲斐來幫忙。

甲斐隆之還是沒什麼變，圓潤光澤又一臉無害的樣子，彷彿這世上的煩惱與淚水都與他搭不上關係。

「這樣啊，嗯哼，雖然很可憐，但這也是她的命吧。」

「是吧，也許都是注定的。」就如隆之所說的，美美很快地也換了個想法。「就是人家說的母女緣分太淺吧。」

「啊，我應該跟那位五郎兄道謝吧。」隆之說。

「道謝是一回事，我代墊的錢先拿來。」我可不客氣。

「我又沒說不會付，錢拿來就是了嘛。」

「收據全都在這裡，你自己看是多少吧。」

「妳真是辦事牢靠呢。」隆之一毛不差地把錢付了。

他打開後車廂將美美的行李放進去，我跟美美則一起坐在後座。醫院最後的結帳、給護士小姐們的謝禮，隆之都照我的話去處理。結果，男人要做的就只有最後出來付錢，就覺得盡了人事。

回到美美的住處，安頓好一切，我先泡了茶喘口氣，這就是女人該做的了。甲斐隆之站在門口跟美美說他要走了。

「那我先走了喔，掰掰。」隆之說。

「幹嘛不多待一會兒？」美美說。

「多待一下也不能幹嘛啊，妳現在還不能做吧？」隆之說。

「嗯，是這樣沒錯。」美美說。

「那就沒辦法啦。」隆之說。

這什麼跟什麼啊！

我一邊啜著熱茶，不禁悲傷地想著五郎為何要關心這種女人吶！我這才想到，五郎

微微抽痛的傷口

1

甲斐隆之在那不久之後就結婚去了，是中谷剛打電話來跟我說的。他說新人的蜜月旅行去了夏威夷，新家位在大阪與奈良之間的郊外，是女方娘家給的嫁妝，兩人過著甜蜜又幸福的生活。

「雖然是差強人意的小房子啦。」阿剛照例還是嫌棄了一下。「不過總比跟妳那個叫美美的朋友結婚來得好，跟那種沒家世背景的女人在一起，一輩子只能住在三坪大的便宜出租公寓別想翻身。」說完又大笑。

「你講話可以不要這麼缺德嗎？不論是便宜的公寓還是豪宅，都是兩人愛的小窩。」我為好友反擊。

「不管嫁給誰，女人都一樣，懂得甩掉貧窮才是生活的智慧。」

「你懂什麼啊，有愛就不一樣，我相信以後甲斐一定會後悔，為了一點小錢就昏了頭，遲早跌個狗吃屎。」我氣得掛斷電話，為美美抱不平。阿剛也好，甲斐隆之也罷，都是一群混蛋。

「死白痴！」我對著電話怒吼，但電話早已掛掉，對方又聽不到。想到美美真是可憐，不知道她聽說隆之的事情沒，我撥了電話去給她。

「我聽說了啊，小隆隆還來跟我炫耀呢。」美美意外地有精神，她接著說：「反正都已經這樣了……對了，我想過些時候應該要重新開始工作了……」

「也是啦，一直悶在家裡看著櫻子的照片也無濟於事。」

「小隆隆說他會幫我找找看，乃里子也幫我留意一下吧。」

美美與甲斐隆之到現在仍會通電話、彼此往來，這就是所謂的孽緣嗎？我真是搞不懂。

過些時日，我因為有認識的中盤商在徵女事務員，我想跟美美聊這件事，便出門去找她了。

明明已聽到四月的聲音，為何還是這麼寒冷。

美美難得站在瓦斯爐前盯著鍋中看，一見我就問：「唉，月桂葉是不是該拿起來啦？」

「妳在煮什麼？」

「燉肉啊，想說妳來要請妳吃頓好的，一直站在廚房裡顧這鍋吔，因為這道菜好吃的祕訣就是要把肉沫仔細撈掉啊。」

「真難得啊，只是美美煮的菜能吃嗎？」

我在床上坐了下來，將放在床頭的小寶寶照片拿起來看。那是五郎照的，寶寶像是靜靜睡著，好可愛，看起來像是已三、四個月大，胸口的衣服上以安全別針別上「三浦櫻子」的名牌。不知道是不是依照美美母親的指示，美美在相片前方供著清水與鮮花。

燉肉的香味在空氣中飄散著，屋內開著媒油暖爐，整個房子裡洋溢著傳統家庭的氛圍，跟以前美美令人不敢恭維的風格完全不一樣了。

「好啦，終於煮好了，等全員到齊了，就可以開動囉。」美美關上爐火，將料理上桌。

「全員？還有誰會來？」

「五郎啊，這時間他差不多快回來了！」

我還笨笨地沒發現，五郎的吉他還在、衣服也掛在牆上，但這些東西先前我送那幅「倒看世界」的畫來時，就已經散落在美美家各處了……換句話說，只因為我對這個房間太熟悉，那衝擊性的不協調感反而就被沖淡了……

「小五哥今天會來嗎？」

這時的我看起來是多麼愚蠢，多像是剛出生的小嬰兒般純真吶。

美美坐到我身旁，嗯了一聲，像是有話又不知該如何開口，但還是問了：「唉，乃里子，我問妳喔，妳很喜歡五郎哥嗎？還是普通喜歡？」

「幹嘛這樣問？」

「如果妳真的很迷他的話，因為是乃里子，我願意把他讓給妳。不過你們什麼都不是對吧，所以我想妳也沒那麼喜歡他，應該無所謂吧？」

到底是如何推演出這樣的結論的？如果現在我能得到五郎的話，我當然也想要，但對方沒有那個意思，我能怎辦？一把推倒壓在地上強姦他嗎？見我沒說話，美美又繼續說下去：「五郎哥說啊，既然都已經入了籍，不如就這樣順勢一起生活吧。他的意思是，我們就在一起吧。」

我竟然還有力氣笑得出來：「這樣很好啊。」

「我想說如果乃里子真的很喜歡五郎哥的話，就對妳不好意思了，所以妳覺得這樣好嗎？」

事到如今，如果我說不好，你倆就會分開了嗎？

「我自己覺得無所謂啦，不過說真的，現在要我去工作，也覺得好累喔，不如乾脆結婚就不用工作了。」

想得真美！我也想這樣啊，讓五郎養不用工作是我前輩子就有的夢想。

「什麼時候開始住在一起？」我的聲音有些沙啞。

「啊，大概十天前而已吧，不過要到下下星期天，五郎哥才會把他原本住的地方退掉，把東西搬來這裡。」

「我沒聽他說過，不過，恭禧啦，這樣你們就是實質結婚了。」

「啊，還沒啦，人家的身體還不可以那個，所以還沒那個啦。」

「那個是哪個啊。」我笑著說，但感覺心的一部分已焦黑壞死。

我真想問美美，究竟此時的我該是怎樣的表情才好。

「嗚哇！好冷好冷，簡直就像是冬天又復辟了。」因為是間小房子，五郎一推開門就看到我了，「啊，乃里妳來啦！」他臉上閃耀著愉快的光輝。在美美家見到的五郎跟在我家時完全不一樣，明顯的，不一樣。那表情就是在心儀的女人身邊的男人才會有。

那天晚上我喝得很醉，三個人都開心地喝了很多酒，還一起唱那首〈小小蠟燭〉，我從頭到尾唱個不停，還拿五郎跟美美開玩笑，他們兩人也開心地在我面前打情罵俏。我心情愉快地在十二點左右離開他們家，不知是不是下車時走得太快，突然感到噁心，好不容易才回到家。深夜，我一個人在廁所裡吐得眼淚都流出來了，原本以為是因為吐的關係，但吐完後依舊淚流不停。

隔天宿醉，像是集了一輩子的哀愁於一身的樣子工作，傍晚時阿剛打電話來。

「妳好！」

聽到他不合時宜的開朗招呼聲，我沒生氣反而笑了。

「我一點都不好。」

「我可以去找妳一下嗎?現在已經在樓下用公共電話打給妳了。」

「不行，今天不行，今天做什麼事的心情都沒有。」

「妳打算做什麼？」

「阿剛你會做的事情不就那件？」

「喂！妳不要沒搞清楚就亂說，我今天可是帶我媽來的。」

「帶你媽來幹嘛？」

「總之，我先上去再說。」

「不行啦，我又沒化妝，而且房子裡亂七八糟的……」我話沒說完電話就被掛斷了，沒多久剛就上來了。阿剛的身後，站著一名年約六十，氣質優雅，剛步入老年的婦人，她皮膚白皙，神情溫柔，眼睛的部分跟阿剛很像。

「妳就是玉木乃里子小姐嗎？啊，一定是的！」夫人在阿剛介紹之前即已開口。

「這個人偶，我在百貨公司的人偶展上買了喔。」

我請夫人入座，看她手中拿的那個人偶，確實是我做的沒錯。夫人臉上掛著善意的微笑，慈愛地撫摸著那人偶。那個以毛線與絲絹製作的大型洋娃娃，是我大約三個月前，迷上手作娃娃時的作品。

「這人偶真的很棒呢，充滿希望，美麗又給人帶來喜悅，我很喜歡，卻被我先生笑說都一把年紀了還學人家玩什麼洋娃娃，但是我實在是難以忘懷，隔天就請我女兒去幫我買回來了。」

聽了她的話，我高興得把剛才的低落心情拋到九霄雲外了。「能得到您的青睞，我真是非常榮幸……」

「看著這個人偶，我就知道是妳做的，因為給我的感覺很相像。」

夫人像是沒有受到塵世汙染的千金小姐，在溫室之中備受呵護，一路經過中年，迎接初老，她的樣子，讓我有些感動。

我一直認為阿剛是含著金湯匙出生於暴發戶的兒子，在心底暗自輕蔑地看著他或是他的家人，想說反正一定是那種令人討厭，對人頤指氣使的有錢人，不過那跟我也沒有什麼關係。但是當面見到阿剛的母親，感覺是有點不食人間煙火、氣質高雅、溫和的婦人，還有率直。

「妳就是在這裡製作這個人偶的，是嗎……」夫人像是大開眼界般地環顧四周，那神情，只有在天真的孩子身上見過。

「我媽的壞習慣就是常常迷一些有的沒有的東西。」阿剛站在離我們稍遠的地方抽著菸。「在我看來，不過是把一些破布拼拼剪剪的垃圾，不知道到底哪裡有趣了，結果這樣一說可不得了，我媽大聲嚷嚷說這可是有名的創作者誰誰誰的作品，我一聽，啊不就是妳的名字嗎？就跟她說這人我認識喔，就吵著要我帶她過來，她想見見妳。」

「真的是好巧……」夫人對我微笑道。我好喜歡她的笑容，那不是刻意擠出來的，而是從小便只做自己想做的事、說真心想說的話的人常見的，自然而率真，並且不識人性之惡，就這樣慢慢地成年，至今仍保持著潔白無垢的心靈。

「能見到妳真是太好了。我一直想著，做出這麼漂亮、好看的人偶的，究竟會是怎樣的人呢……不知道妳現在手邊還有正在製作的人偶嗎？」

「有是有，但是很小。」我從架上拿出來。

阿剛對夫人誇張的讚嘆或是對製作的好奇心感到不耐煩，便對夫人說：「今天就到此為止吧，要是待太晚，等下路上就要塞車了。」

「如果不嫌棄的話，這個送給您。」我拿了另一個人偶給夫人。被人家稱讚，就忍不住變得很闊氣，是我的毛病。人偶的衣服上一個不顯眼的地方，有我名字縮寫「N.T」的刺繡，夫人卻一眼就認出來了。「現在這些人偶正流行，只要是在收集的人都知道乃里子的作品呢。」夫人又捧得我好開心。

夫人臨走前，與我握了手，並邀請我到他們家，且不是「阿剛的朋友」，而是以「她的朋友」的身分去玩，之後才開開心心地抱著那個人偶離開，走的時候阿剛輕輕扶著她的肩，那樣子看上去，真是個溫柔的好兒子。

他們走後沒多久，阿剛又一個人回來了。

「你母親呢？」

「在車裡，她買了伴手禮要給乃里大人結果剛才忘了拿上來。」阿剛為那盒蛋糕再跑了一趟，順便在我脖子上親了一下。

「這下不得了了……」

「什麼事？」

「連我媽都對妳有興趣。」

「她真是個好母親呢……」跟美美的母親完全不同，再加上她喜歡我的作品及我做的事情，對我來說簡直就是神吶。

「女神在車上等著呢。」

「連我想給妳一點紅包的時間都沒有了。」阿剛笑道。

「有空要不要來我家玩？」

我不要，我沒心情，也沒空。夫人雖然是個好人，但是我可沒空去有錢人家演劉姥姥逛大觀園的戲碼。

「我媽的爸爸是男爵，她是男爵的掌上明珠。」

「男色？（日文「男色」音近於「男爵」）」

「妳是笨蛋嗎？男爵，baron啦。」

「這樣啊，出身高貴呢。」

「反正也是花錢買來的頭銜吧。那我爸應該就是子爵吧。」

「啊，原來雙方都是貴族啊，所以阿剛你就是貴族之子囉，如果還在封建時代的話。」

「笨吶，妳沒聽出來嗎，是因為騎在男爵上面所以才說他是子爵，我老爸是平民而已啦。」

我冷不防地在阿剛的手背上用力一捏，是在講什麼啦！不過在跟阿剛這樣講些不正經的話時，我的宿醉也都醒了，我跟阿剛真是合得來，因為有他，我才終於笑了。

阿剛走了之後，我又工作了一會兒，後來因為肚子實在是太餓了，決定去外面吃點東西。心情不好時，果然還是吃東西最好！我在白色毛衣外面搭一件淡色系的外套，穿上靴子便出門去了。搭電梯時是一個人，走出大樓時是一個人，走在街上，穿梭在大樓之間時也是一個人，想起自己不論是痛苦時、嘔吐時、哭泣時都是一個人，如果兩個人一起生活，會是什麼感覺呢？我將雙手插在外套的口袋裡走路，有點想打電話給阿剛，告訴他「我願意」了。一個人生活已經到了極限，寂寞到我幾乎要研究起正確的踢石頭方法了。這時候，就算對象是阿剛也好，試個一、兩天跟人一起生活，也許人生會出現轉機也說不定。

2

我本來想找間熱鬧點的酒吧進去，但走到門口又縮手，不過，沒人的店恐怕會讓我心情更低落，也還是放棄了。現在的我不想去平常常去的，一定會有認識的人在店裡。不想有人過來跟我說話，只想一個人靜靜地吃點東西，所以最好是家熱鬧的店。最後沒有辦法，決定去北邊郊區新開的那間飯店。我坐在位於十三樓的餐廳，望出去是一片燈海的座位上。

五郎曾經在這間餐廳裡表演，當時餐廳角落還種著人工的椰林，如今那裡已改放一台白色鋼琴，只是沒有人彈。這裡的客人還不少，也許是地上鋪的地毯夠厚，走在上面的腳步聲很輕，室內燈光一暗下來的瞬間，襯托出外面燈火的美麗。這裡的椅子椅背很高，我一坐進去，連頭都被擋住，從後面看便看不到人，有一群客人沒發現我坐在那裡，正要呼朋引伴說：「這裡有位子，就坐這裡吧！」才看到靠在椅背上的我，嚇了一跳，做了個「搞什麼鬼啊！」的表情才走開。人在意志消沉時，很能感應得到別人的不快以及惡意。我耐著性子等服務生過來，好不容易有個服務生經過，我攔下他，點了些吃的。

我以為在不久前才在這裡聽著五郎夏威夷樂團的演奏，原來早已是去年夏天的事了。那時的我，完全無法將目光從五郎身上移開，他就像個放大版的小男孩，無聊地搖動他那不知該如何安放的手腳，朝我走來，光是如此已迷得我神魂顛倒，在他面前老是說不出話來，只想將有著一張美麗而溫柔臉龐的他，一口吃下肚。

這家餐廳的桌子原本有這麼高嗎？我覺得吃起東西有些不方便，不知不覺地屈起身來。憶起種種往事，不由得心事重重，根本食不知味。原本想要點炸犢牛排，送來的卻是紅酒燉牛肉還是某種將食材燉得軟爛的料理。而我與其說在吃飯，其實是拿飯和著心酸淚一起吞下。

是不是我沒有想到更巧妙的方法呢？也許不該這麼直接地向五郎表白，而是寫情書給他或都是請他哥哥幫忙……五郎人這麼好，說不定會覺得我很可憐，願意跟我結婚，現在想想，就算因為同情而結婚也沒有什麼不好。

我回過神來才發現，我的眼睫毛上沾著淚珠，邊吃著飯。這種情況下根本吃不出食物的滋味。這間餐廳很大，人又多，誰也不會注意到我，最適合現在的心情。當我這麼想的同時，突然感覺到有股視線投射在我身上。我抬起頭來環顧四周，想找出那不知從哪個方向投來的目光，最後發現是水野，且竟然只在隔壁桌，他正與一名中年的外國人吃飯，當我們四目相交時，他對我微微一笑。那名外國人看上去像拉丁裔，個頭小小的男子，話還不少，不過他並沒有注意到我。

我想趕著把東西吃完，這時候不該再慢條斯理，但他們那桌也已經用完餐，正打算要起身離去。本來也想站起來走人的我，因為不想跟水野碰在一起，反而放慢了動作，只想讓他看到我很有精神的那一面。終於，他們放下餐巾，從座位上站了起來，我低頭將臉埋在盤子裡，水野走過我身邊，輕輕碰了我的椅背一下什麼都沒說，也許他已經發現我在躲他。

過了一會兒，我也去買單，收銀台旁邊有可以休息的沙發，我一付完帳便走向電梯，同時也有名男子從沙發起身，與我一同搭乘電梯，門一關，就剩我們兩個人，而那人，就是水野。我沒辦法，只好對他微笑，都被逮到了還能怎辦呢。

「如果妳只有一個人吃飯的話，怎不叫我呢？」他說。

「你不是有客人在嗎？」

「已經送走了。」

這電梯讓我有種永遠都不會抵達一樓的感覺。他盯著我說：「有句話說『傷心難過肚子餓』形容的就是妳吧。」

我忍不住笑了出來。雖然現在的心情是介於想哭又想笑之間，但要是哭出來，妝會花掉，於是決定還是笑好了。

「是啊，總是會遇上這種時候吧。」

「嗯，我也不覺得這樣有什麼不好，女孩子哭泣就當作是在清理心靈齒輪的零件。」

如果只是清理的話還好，我的情況是將這些零件拆解下來，發現都已傷痕累累，不堪使用了。我突然好想跟水野撒嬌，將頭靠在他的胸膛上，但電梯馬上就到了一樓，走出電梯門，在穿過大廳時，他說：「我今天沒開車，妳先在這裡等我一下，我去一輛計程車送妳一程。」

「好想再去別的地方續攤喔，可以陪我嗎？」真是不可思議，我竟然這麼輕易地說出之前無法說出口的話。

「今天晚上恐怕不行，我等下還有事……」水野快速地看了一下手表。這種情況下，女生總不知究竟是因為屈辱還是憤怒而捉狂，很難簡單地說句：「是喔，那沒辦法」就放過。再加上見到水野困擾的模樣，我更想要跟他在一起，雖然剛才我明明想要躲著他。

「不行不行，我要你陪我啦……」

「唉，今天晚上真的有事……」

水野不是那種會被我左右的男人，一旦決定了，就不會中途更改計畫。但他突然想了一下，說：「好吧，妳等我一下。」不是因為我的關係，而是他自己改變心意了。

他走向路邊的公共電話，無須確認，直接就按了電話號碼，接通後簡單說幾句，再將話筒移往另一耳，拿外套的內側口袋拿出筆記本看了一下，又繼續說話。在一旁靠牆站的我看著這一幕，心想應該是在處理公事吧。

他終於掛上電話，朝我走來說：「處理好了。」

「解決了嗎？可以陪我去玩嗎？」

「嗯，陪妳陪妳。」他非常配合地說。我以為他要帶我去哪個酒吧，結果發現計程車開往了「位在北極的總理大臣之家」。

「什麼嘛，原來是要去那裡。」

「妳本來不是打算要來這兒的嗎？」

「我以為你要帶我去喝酒。」

「我在那裡也寄放了一瓶酒。」

「可是人家想要去那種有音樂、可以跳舞的地方玩。」

「那裡面也有間夜店可以跳舞。」接下來他跟我聊到先前他去了一趟巴黎，成功移轉了我的注意力，他說在跳蚤市場上買了一只有趣的戒指，約好下次見面要拿給我，還說如果早知今天會碰到，就帶來了。話說回來我們也有一陣子沒見了。這段期間我只要想到不知哪天可以再跟他見面，便忍不住感到興奮期待。水野很會為下次見面製造機會，他不會對我的生活追根究柢，只想著該如何讓當下能過得愉快，以及之後能有什麼機會再見面，這點很得我心。

「上回的溫泉之旅只住了一晚，下次我們多待一會兒吧。」他提議。

「到了夏天，就去你的別墅吧。」我想起那棟別墅裡的豪華浴室，泡在浴缸裡還有千萬海景可看。

「是啊，三月左右我們就可以去了，淡路那邊的天氣較溫暖，冬天時有些地方的水仙還會開花，一到那附近就聞得到怡人的香氣。」他說的話總是饒富深意，勾起人無限的想像畫面。

車子來到先前來過的那間房子，我第一次來的時候已經醉茫茫，這才知道原來是間占地廣闊的房子，經過中庭之後，後面還有房間。

「這屋子很特別。」我小聲地說。他解釋這原本是一間酒廠老闆蓋來做為招待所的房子，後來太常被身邊的人借用，慢慢地變成大家偷情的地方，最後原屋主覺得不妥，便轉手賣掉。

「說到底，當初為何要蓋招待所呢，一定有鬼。」

「一定有鬼。」

「不過還是那些把人家的房子當作偷情地的人不好，怎麼會想到這招呢？」

「怎麼會想到這招呢？明明就住在市區裡面，還要去住飯店，真的不知在想什麼。」

水野也跟我一起胡言亂語，我好喜歡他這樣。

「亂來的傢伙一起做亂七八糟的事，真是罪上加罪。」他邊說，邊脫我的衣服。

「啊，人家其實想要在有很多人熱熱鬧鬧的地方玩耍、喝酒、跳舞啦。」我還是不死心地念著。我不懂男人為何總喜歡馬上就跳到這一步。

「因為男人很忙呀。」水野辯解道。「我們是一手拿著計時器在過生活的人，只能找出最短距離全力奔跑，所以不好意思，我沒有遶遠路這個選項。」

「這樣女生會覺得很無聊吔。」

「那要怎樣才有趣呢？」

「去看部電影、一起喝個茶，然後再去做其他活動，最後才順著當下的氣氛來到這裡……比較希望是這樣。」

「其他人都會這樣做嗎？例如那個開消防車的男人。」

好久沒聽到「開消防車的」這幾個字。

「對呀，他都這樣做。」我嘴上這麼說，但心裡明白這是騙人的，阿剛的最短距離可更短，一見到我就只想要把我帶上床，像是動物園裡的公猩猩在催母猩猩快進洞房來。原來，男人這種生物每個人都是採取最短距離模式。唯一不是的只有五郎，但話說回來，五郎打從一開始就沒有想要跟我上床的意思，所以我跟他一直在繞遠路，最後在路上用盡氣力，永遠無法達陣。

「這樣啊，只是，我已經風燭殘年，沒有時間可浪費了。」水野說道。

已經沒有時間可浪費的水野，雖然不走遠路，但在必要之處仍十分願意花時間，說不定正因為要將時間用在這些地方，所以才不走遠路，他不會像阿剛那樣匆忙、毛躁，很適合我這樣的懶惰鬼，是個令人敬畏的大叔。

又因為太適合了，總是讓我對那些存在於他另一個世界裡的女人感到無比的嫉妒。他太溫柔了，反而讓我妒心難平，如果他對我沒那麼溫柔，我也一樣會嫉妒，因為我會認為他只對別人好，對我就只是隨便應付一下。女人還真是糾結。

「妳今天還真安靜。」他說。「怎麼不像上次那樣大喊『媽的，太棒了！』、『混帳，被你賺到！』」

「今天沒那心情。」

「這樣也很好呀，偶爾可以靜靜地品味一下。」

「品味什麼？」

「男人味。」

「色鬼！」

聽見外面的下雨聲。

這裡的房間沒有浴廁，不過在簷廊下有間木造的浴室，裡面有個很大又很乾淨的浴缸。我將身體浸入浴缸裡，窗外的雨聲變得濃厚、沉重，現在才正要開始下而已。我邊聽著雨聲，邊想著自己會愈來愈糟糕吧。稍微打開窗子，看見中庭裡八角金盤正淋著雨。天空是春天常見的，如天鵝絨般厚重的烏雲籠罩著。沒多久水野也進來了，第一步先洗頭髮。他真是個愛洗頭的男人。因為他頭髮短，洗頭時的模樣令人感覺很清爽。我回到房間，打開電視，吃著剛才女侍送來的，很像棉花糖的點心。

水野洗好澡回來的同時，女侍也送了啤酒進來。

「我們就在這裡住一晚吧。」他說。我突然跳起來說：「我要回去了，明天一早有事。」

「外面還在下雨呢。」

「反正很近。」

「總之先喝一杯吧。」

我們面對面地坐著喝酒。

「怎麼突然這麼急著要回去，反正回到家也沒人吧。」

「是沒錯啦……」

「還是有別的男人會生氣？」

「這個嘛……」

「偶爾外宿也沒關係吧，何況今天晚上我本來有事，是妳硬把我留下來的。」

「話是這麼說，可是……」

「妳這孩子真是的，不知在想什麼……。」

我不知該如何說明。我確實是喜歡水野，但現在無論做什麼事、有怎樣的男人陪在我身旁，只要一出現空檔，刺骨的風就會從心的空洞穿透過去，那空洞的形狀，完完全全就是五郎的輪廓。

3

但是我果然無法抵抗水野的魅力，只要被他那如槍口般的眼睛盯著，彷彿是被人用槍抵住心臟，嚇得不敢動，只好放棄抵抗，無條件投降。他明明沒出半點力（若是阿剛，早就會氣得跺腳不然就是用力捉住我的手，就差沒折斷我的手）卻像是被看不見的繩子或是蠻力給縊住，水野的作法非常具有威脅性，明明沒有將人緊緊抓住，卻讓人逃不了。

春天的雨聲帶有一種洗滌心靈的風致。那雨好像就下在我身旁，而且彷彿永遠不會停歇。

我們花了好長的時間彼此愛撫著，這也是水野比阿剛強的地方。他還有另一個優點就是，不會像阿剛那樣愛自誇，說什麼「我高中的時候已經交過三個女朋友了」之類的話。我問水野初戀對象是怎麼樣的人，他一臉嚴肅地抽了一口菸後吐出來，最後只答說：「我忘記了。」

他也許是真忘了，因為在我眼中，他像是活了好久好久，久到不記得那麼遠的事情了。他也從來不會說今後我們會怎麼樣，不像某人，買了間公寓要我跟他同居，還一副這可是本大爺賜給妳天大恩寵似的嘴臉。

因為知道有些事情就算說了也沒用。都已經是成熟的大人了，彼此都明白挖掘對方的過去或現在也於事無補；同樣地，也知道關於未來的事，只要說出口就成了謊言。這與其說是冷漠、算計還是理性，不如說是正確而正直的作法，這也是我喜歡他的地方。同樣地，水野喜歡我的，大概也是因為他知道我能認清他的好吧。我也喜歡我們在彼此認同這樣的情況下，好好享受在一起的時光，那並非無情，反而更加濃情蜜意。只是，每次與水野見面的心情，跟別的男人在一起時不一樣，得到的快樂愈多，心裡愈覺得我們將要在此畫下句點了。每次見面，總讓我覺得都是最後一次。我不會主動跟他聯絡，他也沒有來找過我，才讓我更加深對他的眷戀與執著。

「你要走就試試看，我要這樣扒著你不放……」我慢慢纏在他身上。

「我一點也不在意喔。」

「不讓你起來……」

「就憑妳，我把妳扛在身上也爬得起來哩。」

「可是你就出不了門啦，因為我會一直吸在你身上。」

「這樣更好，想做的時候就隨時可以做。」

「就算有我黏著也能到公司去嗎？」

「無所謂呀，被一隻小吸盤魚吸著還滿好玩的……」他說，臉上揚起了我最喜歡的笑容。

啊，就算你笑得這麼好看，我們還是要結束了喔。我這樣想著，一邊看著他。

「你在看什麼啊，奇怪的孩子。」水野邊說還邊拉起我的頭髮。

天亮時，我想趁早起床，才要穿上有小鈴鐺的長襯裙時，突然一把被拉回床上。他的手臂並非特別強壯，而是他習慣這樣抓住女人的身體吧。

「我們下次什麼時候見面？」我笑著問，其實是再也不會見面的反話。

「隨時都可以啊，妳叫我我就來，獻上我的身體。」

「真的？」

「昨天不就是這樣，拋下工作來陪妳了？」

我們搭計程車送我到家。

「妳有我的電話吧？」水野說著，將我從他身上扶起。昨天沒帶化妝用品就外宿，現在一臉素顏，但面對的人是他，我一點也不覺得討厭。我抬起我素淨的臉對他微笑地說道：「嗯，我知道，我會再打給你。但是，你也要打給我啊！」

本來，這個時候我應該已經將手伸進手拿包裡面尋找家裡的鑰匙，然後丟下一句

「再見」就趕緊下車，頭也不回地衝進電梯裡才對，然而我卻動彈不得，懷疑自己真的有辦法就這樣跟水野分手嗎？

「怎麼啦？」水野當然不知道我想就此與他道別，不改溫柔地輕問著。淚水從我眼中流下來。五郎、美美、我拚命為她奔走的櫻子、阿剛、阿剛溫柔的母親，所有事情在心中浮現，五味雜陳。水野的溫柔根本無法安慰我受傷的心，即使跟他在一起也拯救不了我，但現在，我還不想跟他道別。

計程車司機似乎是個沒耐心的人，感覺到他有些不快。

「怎麼啦？」水野又再說了一次。

我把手帕忘在「位於北極的總理大臣之家」，只好以手背拭淚，小聲地說：「今天可不可以也陪我一天。」

水野聽了嚇一跳，但也沒辦法，計程車司機一直碎念著說這裡沒辦法停太久，他只好跟我一起在我家樓下門口下車，嘴裡還叼著菸，將車錢付完後，我們默默地搭電梯上樓。

「對不起，還是你有事先走也沒關係。」

「……」

「你要去公司吧，還是要回家?你去沒關係。」

水野從我手中拿起鑰匙開門，然後感性地說：「算了，先喝杯茶再說吧。」

我笑了，眼淚還掛在睫毛上。關上門鎖好之後，我隨手將帽子、外套丟到地板上，朝水野飛撲而去。「今天可以不工作，一整天都窩在這裡嗎?」

「不可以說這麼任性的話，公司的人會以為我人間蒸發了。」

「或是你用電話跟他們聯絡就好?」

「這可不行。總之，先端杯茶請我喝吧。」

於是我去泡茶，把桌上的東西全都搬到一旁去。突然之間，又有一線生機重現。水野注意不讓自己手中的菸灰落下，邊看著我的草圖。

「那是絲巾的設計圖。」我從他的背後看著設計圖說明。

「嗯，很不錯，妳的配色滿好的，先前我在百貨公司看到的成品也覺得很好。」我們就日本與海外的染色技術稍微交換了些意見。水野說他想喝日本茶，於是我泡了煎茶。

「你不趕時間嗎?」我問。

「怎麼，剛才還勉強我留下，現在急著要趕我走?」

「不是啊，我很希望你整天都陪我，但不可能吧？如果可以的話，我當然希望是這樣。」

「我在這裡，你也沒辦法工作吧。」

「管他的。」

「昨天明明還說今天有急事，一下哭一下笑的，妳是不是到了更年期啊？」

水野從我這兒打了三通電話出去，然後又喝了一壺茶。這段期間，我去化了妝，換上乾淨的衣服，整個心情清爽許多。我回到電話講不停的水野身邊，在他後面雙手環抱住他的脖子，整個人貼在他身上。他的電話都是在講工作，一通是指示展覽會的布置，一通是對廠商抱怨商品的瑕疵，一通則是交待要付款的電話。就算被我這樣黏著不放，他仍然不動聲色地說話、跟電話那頭的人開開玩笑、自己也哈哈笑著，讓我忍不住要懷疑他在公司該不會也有個女孩也是一直這樣黏著他吧。講完電話後，水野親了我一下便去拿外套，準備要走。

「你要走了喔？」

「去錢咬錢、錢咬錢。」

所謂的「錢咬錢」是指不用花太多的努力就能賺到錢的意思，對做生意的人來說，是再好也不過的事。

「午餐時間再過來。」

「真的嗎?你要來陪我吃午餐?那我做給你吃。」

「別了。」水野說完便摸摸外套內側口袋,確定他的筆記本及錢包都帶到了,接著神祕地一笑,拿出眼鏡帶上,攤開他的筆記本看。

「妳做的東西不知道能不能吃,太不保險,還是我帶上來吧。」

我沒理會他的嫌棄,因為第一次看到他戴眼鏡的模樣,勾起我強烈的好奇心。「那該不會是老花眼鏡吧?你已經到了這年紀喔?」

「不好意思我已經這麼老了。」

我拔下他的眼鏡往自己的臉上一戴,眼前一片模糊。

水野說他要走去搭地鐵,我從樓上窗口望著他的背影,他就跟五郎一樣地過個馬路就走出了我的視線之中。男人都一樣,永遠都會從我身邊離去。我雖然失去了五郎,卻對水野愈發執著(雖然我一直都是如此)就像是泡在溫暖的海水中,不肯上岸的人一樣,身體分明漸感冰冷了,應該快點起來才對,卻不願這麼做。

過了中午都超過一點半,我正想說應該不會來的時候,水野回來了,手中提著包得非常精美的包裹，說是某某日本料理店的便當。我開心地打開包巾，看見半月型的漆器便當盒裡裝滿了如畫般美麗的餐點，有蝦子、生魚片、滷菜、魚板等等，各形各色的食材構成一片風景。能在這些地方用心的，也真的是中年男子才有的優點。跟阿剛一起吃飯，就算只是培根炒蛋他也吃得津津有味。

「我一直在想，這輩子不知還剩幾千頓飯可吃，所以我可不願吃一些不美味的東西。」他說。

「這個配番茶才對味，妳家有嗎？嗯，對對，就是那個。」竟然還指定配茶。跟他一起吃飯，連便當都很美味，他說這家是大阪的老店。

「晚點店裡的人會來回收便當盒，我已經先跟他們講好了。等等來睡個午覺吧。」慢慢地享用了午餐，喝了指定的茶之後，他開始看起了報紙，甚至還說：「我三點有個會要開，在那之前可以待在這裡。」太奇怪了。

「要喝酒嗎？」

「不行，我開車。」接著說外面好熱，便開了窗，拉上蕾絲窗簾。

雨剛停，天空仍一片灰暗，天氣溼而溫暖，在室內即使不穿衣服也不覺得冷。

水野一直帶我領略許多新的事物，例如像這樣，白天忙裡偷閒、中午吃老店的精緻便當或是像之前那樣，游泳之後，享用冰鎮過的生魚片及日本酒。這個男人有著如野獸般敏銳的嗅覺，可以立刻判別當下應該做什麼而得到舒適享受。

快到三點之前，他離開。我原本打算在他走之後多少做一點工作，但是光坐在工作桌前就不行了，腦袋一點都不靈光，只有用鉛筆尾端敲打紙面，斷斷續續的音樂在腦中不斷重複。

聽到有人敲門，我以為是水野說的外賣的人來取回容器，一開門發現是阿剛，嚇了我一大跳。

「啊，嚇我一跳，原來是你喔，怎麼不先打個電話？」

「我昨天一直打沒人接啊。」阿剛一進門便四處張望著，像是在尋找什麼東西般，眼神凶惡。

「剛才開著車與我擦身而過的人，總覺得在哪裡見過，但也可能是我看錯了。」

我沒接話。

「我想說認錯了對人家很不好意思，就沒有跟對方打招呼，但那個人該不會是水野先生吧。」

「……」

「為何水野先生會在這裡？我想不透，他在這裡吃飯嗎？」阿剛指著便當盒說。

事到如今我也沒其他辦法辯解，只是沒開口承認，靜靜地看著。

「那個大叔，為何會來這裡？」阿剛的手一邊把玩著金色的打火機，在我看來那就跟要衝出去打人之前，先折關節，使骨頭發出聲音的恐怖暴力主義者才有的習慣動作。我不回答，反而更激起了阿剛的怒氣。

「應該就跟你來這裡的理由是一樣的吧。」

「有沒有搞錯。」阿剛瞪著我。

「可是他怎麼知道妳家？什麼時候走這麼近的……」

「什麼時候？當然是……」

「該不會是一開始在淡路的時候你們就搞上了吧？否則也沒別的機會了。」

「嗯，對啊。」

「竟然還說對，妳覺得這樣做是對的嗎？豈有此理！」阿剛就像是玩遊戲玩到一半發現只有自己是老實地照規矩來的乖乖牌，暴跳了起來。

「妳竟然會幹這麼事，氣死我了！」

「你自己在淡路時不也是……」

「不要扯到別的地方去！」

咬著手指甲的我突然被阿剛打了一巴掌，頓時像是有人在眼前放煙火般眼冒金星。他打第二掌時又更用力了，我整個被打飛到床上，咬破了嘴唇，有血的味道。阿剛接著用蠻力把我拉起，甩向另一個角落，便當盒都被我撞碎了。

4

我最討厭使用暴力的男人。遇到討厭的傢伙，我也會想要揍他，也知道如果真的能揍下去，一定很爽，但是怎麼也沒想到自己會被揍。暴力是頭腦不好的人無法控制自己的憤怒才會用的手段，也是對對方的一種羞辱。也許真的有女人喜歡被男人揍，但那只是調情的話還可以原諒。我連看到男人打男人都覺得討厭了，更何況打女人。

「搞什麼啊，我又不是你老婆。」我話才說完，馬上又挨了一巴掌。

「你以為不管是誰都要照你的想法去做，女人最好都搖著尾巴跟在你身後吧！你看看哪裡有人要跟你呀！」又被呼了一掌。

我也氣不過，抓起手邊的大理石菸灰缸朝他丟去，但因為速度太慢，他輕而易舉地就閃過，直接砸上他身後的穿衣鏡，發出巨大的破碎聲響。那是我很喜歡的鏡子。

阿剛似乎因為我的反擊而更加生氣（有些男人遇到女人抵抗時，會完全喪失戰鬥意志，但阿剛正好相反）毫不客氣地又朝我揮拳過來。我因為太痛，而非傷心，眼淚流了出來，也更猛然地憤怒。

「你不過就是有幾個臭錢有什麼了不起的，一言一行都令人厭煩的大色狼、暴發戶、大笨蛋、自戀狂，有臉說我？笑死人了，你自己才淫亂的不得了！」我隨手抓起身邊的物品就朝他丟去，不讓他再靠近我，一邊怒吼著。

我丟了檯燈、丟了筆筒，甚至連腮紅刷、乳液瓶都抓了就丟。阿剛以手護頭，持續朝我走來，看得出來他的怒氣比我還嚴重，說得誇張點，他簡直就快氣瘋了。他的力氣大又加上動作敏捷，很快地我又再度被他逮個正著，這次他用力地扳住我的肩膀，死命地搖動。

「妳這畜生，什麼人不選，竟然跟那大叔搞上，要不要臉啊！妳知道那傢伙的名聲有多糟嗎，花痴女，那傢伙可是愛玩女人出名的，妳笨蛋啊妳！」

我一口咬住阿剛的手，這麼一來根本就是張飛打岳飛，打得滿天飛。我們就像是一對黑猩猩在吵架，一隻公猩猩與母猩猩明明就合不來，偏偏為了要讓牠們生小猩猩而硬關在一起，結果就會是這樣。

「好痛！」阿剛大叫。

有人敲門。阿剛放開抓住我的雙手，將衣服拉好，頭髮梳整齊，調整好領帶，門開個小縫。「大白天的在吵什麼？」對方罵道，是樓下中年男子的聲音。阿剛一瞬間答不出來，停了一下才回說：「對不起。」

「我們家的人說聽到有女生在哀嚎。」

「不好意思。」

「還有，剛剛一直有很吵的摔東西聲，這棟大樓，左右兩邊彼此聽不太到，但一點聲響就會吵到樓上樓下，麻煩注意一下好嗎？沒發生什麼事吧。」

「沒事，是架上的東西掉下來了，真是不好意思。」

阿剛關了門，上鎖之後，又再朝我走來，我趕緊走到窗邊，打開窗戶。

「妳要跳樓嗎？我就在這裡看著，妳儘管跳。」

「誰要跳樓啊，你再靠過來的話，我就對外面喊殺人了。」

阿剛踏著檯燈燈泡及穿衣鏡的碎玻璃片，一點也不怕那些碎片飛濺起來直直走向廚房的椅子坐下，然後不知他是故意的還是真心這麼認為，一副把我當花痴般冷血地問：「妳到底在想什麼，啊？去貼那骯髒的大叔，是可以拿到多少錢？」感覺阿剛有點無計可施，以為女人除了錢，對男人別無可求。

「哼，那你倒說說你可以給我多少啊？」我靠著牆站著，反諷。「你自己不也什麼都沒給？」

「本大爺不一樣，我跟那些平凡男人不一樣，所以不必給妳錢，而且妳不也很開心嗎？竟然到處跟別的男人亂搞又跟我在一起，是在利用我嗎？」

我已經對阿剛的這種充滿惡意的玩笑話感到厭煩。如果他是當真這麼想的話，這白痴就算死也不足惜。

「原來你以為我會對你感激涕零啊，覺得要一輩子謝主寵恩？你到底是哪來的自信啊，以為女人只要看到錢就該要高興得手舞足蹈？」

「不要在那邊說些有的沒的。」

「說什麼利用你，哼！利用你什麼？你那輛愛現的消防車？輕輕一碰就凹掉，爛死了。還是說別墅？什麼御手植之松，說出去也不怕笑掉人家大牙！你以為我稀罕這些？」

阿剛看起來真的要再衝過來揍我，正好此時電話響起，稍微削弱了他的氣勢，他用下巴比了比電話說：「儘管去跟人家說殺人了，因為我真的會動手。」

「你別把我跟那些便宜的應招女或缺錢的OL搞混了，我跟你說。」我看也不看電話一眼，繼續說著。不論是阿剛一表人材的華服、打理妥當的髮型、花大錢上健身房練出來的結實身體還是價格不斐的所有物，全都讓我看了想吐，這男人一整個就是白痴的化身，我究竟是看上他哪一點？

「哼，妳以為妳是哪根蔥啊？」阿剛氣得跳起來罵我。

「我才要這麼說呢！」我也不示弱地回他。

在我們一來一往之間，電話還是自顧自地繼續響著。阿剛打開門走出去，離去時用力地關上，發出全大阪市都聽得到的聲響，恰如其分地傳達了他的怒氣。

我環視他離開後的屋內，簡直就像是怪獸來襲之後的一片狼藉。我最喜歡的一對咖啡杯已粉身碎骨，玻璃檯燈也壯烈犧牲，它們就像是撞球的母球被丟出去，撞上玻璃屏風的正中心，屏風也應聲碎裂。電話此時才終於閉嘴。

連個坐的地方也沒有。我就像是被轟炸過後全身無力，覺得這一陣子以來我所做的事情全都歸零，一陣空虛。我沒有力氣自己一個人收拾殘局。我想到打電話給美美。並不是因為先前我幫她很多，現在想要她回過頭來幫我，而是我只有美美這個朋友，是可以讓我把這種舞台後方混亂的局面給她看的人。

我打給美美，跟她說：「妳可以過來嗎？來了再說。」她也輕鬆地答說：「好啊，剛好我要出去買東西，就順便過去。」沒多久便來了。

她到的時候看到我靜靜地蹲在地上，有點嚇到。

「遭小偷了!?」

「不是，是比小偷更過分的傢伙。」

美美看到我的臉，嘴唇腫得跟小雞一樣嘴巴嘟了起來，又再度嚇了一跳。她趕緊去弄了條冰毛巾貼在我的嘴唇、冰鎮一下我的臉頰，扶我坐在椅子上，聽我說起剛才跟阿剛打架的事，她一邊慢慢地幫我收拾殘局。

「原來是這樣啊，不過也好啦，阿剛那種貨色，就算甩了也不可惜……話說回來，找機會也把那位水野先生帶來給我看一下。」

「嗯，帶給妳看一下。」我答得好像是自己的所有物，但我想，今後應該不會再見到水野了吧，就跟不會再見阿剛一樣。剛才的電話我始終沒接，以後若是水野打來，我應該也不會接吧。

「男人果然還是認真點的好。」美美說。

「是呀。」我從沒想過會被美美這樣說教，她邊用吸塵器吸地板邊說：「認真的男人，有時候突如其來地追了過來，那感覺還真不錯呢。哪像阿剛這樣不乾不脆又死纏爛打，那可行不通。」

「大概吧。不過，美美是怎樣被認真的男人追上的呢？妳說的是五郎哥吧。」我嘴角貼著OK繃，說起話來有點困難。

「這個嘛，我想世界上大概沒有比小五哥更認真的男人了。」

「大概吧。」我既想聽又害怕。

「那是在跟美美回老家，吃山豬火鍋那次？就是今年過年的時候……」

「妳說他追我喔？」美美天真地說著。以前我對於她這種不懂得察顏觀色、笨拙的天真感到好笑，如今反倒羨慕了起來。

「其實是在過年前喔。」

我大受打擊，怎麼會這樣，不過因為臉上貼著OK繃，美美沒發現我的表情變了。

「我們第二次見面的時候他就跟我告白啦，認真的男人還真沉不住氣呢。」

「是喔，我都不知道。」我小聲地說。

美美不像是會說謊的人，至少現在的她看起來是這樣。

那時阿剛跟甲斐隆之都說她們倆個怪怪的，我硬是不承認。他們看到了什麼？怎麼想的？

美美用吸塵器將滿地的玻璃碎片吸得一乾二淨，一臉滿足地說：「這樣就沒問題了！去我家吃飯吧，不然妳一個人待在這種地方，心情只會更加憂鬱。」然後自顧自地哼著〈小小蠟燭〉，邊到我的衣櫥裡幫我拿外出服讓我換上。美美完全沒發現自己的一句話有多麼令人驚訝，我喪失了自信心，眼前一片黑暗，她依舊沉浸在她的滿面春風中。

傍晚我們回到美美家，途中我們兩人一起去買了一堆晚餐用的食材，進家門一看，五郎已經在裡面了。他很高興見到我來，說今天晚上由他親自掌廚。他早已換上家居服——一件POLO衫，還穿上美美的圍裙，那是件及胸的長圍裙，穿在他身上更顯得滑稽。他將肉劃了幾刀，再抹上鹽、胡椒，在平底鍋中丟了一大塊奶油，待鍋熱油冒出些許青煙，便將食材下鍋，一手翻動著鍋子。

「肉要切小塊點，不然乃里子沒辦法入口。」美美喊著。

「是不是又撞到架子被上面的東西砸到臉才變成這樣啊？」五郎說道，「不過，還滿適合妳的，變成小雞嘴，好可愛。」五郎的表情完完全全就是一個普通的一家之主，幸福至極。

牆上還掛著我那幅〈倒看世界〉的畫，一旁有五郎的吉他，看來今天晚上吃完晚餐，我們又會在五郎的吉他伴奏下大合唱了吧，喝一缸紅酒喝到醉醺醺的，散會之後我又一個人回到那個屋子裡去，再次吐得亂七八糟吧。但是，對我而言，這一切都跟以前有些不一樣了。

「小小蠟燭、大大蠟燭，心連心，點亮光芒……」我們吃完飯後唱了歌，美美跟我說：「下個月我們要去伊豆旅行，小五哥終於請到假了。」

這時的我，即使坐在五郎旁邊，卻一點也不再感到心的抽動。五郎在我不知道的時候，跟美美告白，我雖然無法想像，反而覺得那很真實。我不時地偷看五郎的側臉，有好長一段時間，我對這個男人愛慕得胸口像是著火般，焦急、刺痛。我呆呆地接受著腦中湧現一種近似悔恨的感覺，卻不太傷心。但沒多久還是因為過度悲傷而麻痺，在心中只留下震驚。平凡、幸福的先生與太太已無法在我心中掀起波瀾。

「小五哥好會煎牛排喔，真好吃。」我說。

「以後妳只要帶肉來，隨時都可以煎給妳吃喔。」

「那我不就要破產，不僅要買自己的份，還要買你跟美美的。」

「說的也是。」說完，大家哄堂大笑。

五郎將切成小塊的肉排再以牛排刀為我切得更小口，順便幫我把蔬菜也切碎，較好入口。他還是沒變，依舊這麼體貼，以及無可挑剔的溫柔。

五郎擔心地說：「這樣沒關係嗎？還是去給醫生看一下吧。」一邊拿用冷水濡溼的毛巾輕輕放在我臉上的淤青處，他過分的溫柔讓我冷不防地眼淚都要掉下來了。那是與我無緣的人給的溫柔，就算是集滿五萬、十萬份，也不會產生任何質變，也不會變成對我的愛。

我將自己對他的執著藏好，笑著說：「這樣就省去塗眼影的麻煩了。」

我們邊喝紅酒邊聽五郎彈吉他。

「要去伊豆啊，是溫泉之旅吧，真有錢。」我說。

那應該是要動用甲斐隆之給的賠償金，美美向我使了個眼色，說：「因為我存了一筆錢定存，最近期滿可以領回了啊。」

離開美美家時，因為貼了OK繃，臉歪了一邊，只好戴上口罩掩住。「掰囉。」我說完要走出門時，五郎跟我一起走了出來，說要送我下去。我說沒關係沒關係，這附近就叫得到計程車了，要他不用特地陪我，但連美美都吩咐他說：「不行啦，這附近，這麼晚了很難叫得到車的，小五哥你去幫她招，送她上車！」

五郎嗯地一聲就先出發了。美美站在門口，旁若無人地大聲喊著：「掰掰！如果有什麼不對勁就打電話過來吧。」

那是我想做的事情、我想說的話。找朋友來家裡玩，然後對著小五哥說：「你去幫她招計程車啦！」而我則是站在家門口負責揮手道別，說：「掰掰，下次再來玩喔！」再由五郎送朋友下樓去……這是我妄想了一輩子的夢，如今我卻成為那個被送下樓的朋友，而美美取代了我夢想中的角色，這個世界真是夠諷刺又冷酷，總是出人意表，我感覺得到命運對我的殘酷惡意。

我跟五郎兩人一同搭電梯。深夜的高層住宅的電梯靜靜地朝一樓下降。

「叫妳感覺不對勁要打電話，是在說什麼啊？」我們笑美美。

「頭皮底下的東西可是很微妙的喔，就算當下沒什麼事，之後可能會突然就出毛病的。」五郎一臉擔心地望著我的頭。

「是嗎？那我明天早上應該就會發瘋，美美趕來看我的時候，可能會發現我說，『啊，有蝴蝶在飛』之類的瘋言瘋語。」

「乃里小小發瘋，可能還比較接近正常。」

「那我就適當發瘋就好，要是太瘋變成真正的『起肖』那可就糟了。」我們像是繞口令般地說著瘋不瘋的話題，這段期間，五郎以手撐著牆壁，露出我喜歡的笑容，但那對我來說已經是屬於別人的了。五郎的身體、對我極具魅力的肌膚、習慣、動作，全都已經與我無關，但卻一點也沒有辦法減輕我的苦。始終未曾愛上我的五郎，在與美美見面的第二次便已向她告白，這個事實在我回想起自己與五郎長久相處的點點滴滴時，便已足夠讓我痛的了。

五郎幫我攬到了計程車，一直到車子開走為止，他都陪著我，目送我離去。

到家時已經十點，我開了燈，客廳的鏡子已經被打破，我改走到廚房想去照那裡的鏡子時，這裡反而因為燈泡被砸爛了，無法點燈。走到浴室裡，這才見到我那慘不忍睹的臉。右眼瞼上方淤青還腫了起來，左臉頰像是得了腮腺炎般脹成了豬頭，嘴唇則是腫到整個往上翻起，還有半張臉，隱隱作痛。我坐在床上，不想思考，將收音機打開，轉至最小聲，這段節目播的是年輕的落語家在講黃色笑話。窗戶上的玻璃映著我慘兮兮的臉，我竟然還能調侃自己說：「這樣一來，我的臉跟心倒是很一致。」也許抽痛的不是我的臉，而是心。我就這樣坐在床上發呆，不恨五郎、阿剛甚至是水野，只是覺得靈魂就像是隻鳥，飛離了我的身體。這樣呆呆坐著的我，可說是一具空殼。

突然聽到有人敲門，小小聲卻又顯示著一種執拗不休的態度。我透過對講機問：

「哪位？」但對方沉默不答。我一掛上話筒，又立刻叩叩叩地敲了起來，我打開上了門鍊的大門，看到阿剛站在外面，趕緊要將門關上時，他的手已經伸進來了。

「你這樣我更不可能開門。」

「你開門我就放手。」

「好啦，我開。」我想趁他抽手時將門緊緊閉上，但這傢伙實在是太緊迫盯人，這樣下去也不是辦法，最後我還是把門打。他一進來就將門關了，上鎖，站著環視屋內，看著像是颱風過後的一片慘狀聳了聳肩，便去將收音機關了，面向我，開口問道：

「妳去哪裡了？」

「要你管。」

「我在樓下等了好幾個小時，一直等到剛剛從窗口看見燈亮，快累死了。」

「哦。」

「妳的臉好熱鬧喔。」

「拜你所賜。」

我們雖然已恢復平常拌嘴那樣你一言我一語，但他往前朝我走近一步，我就本能地提高警戒，向後退一步。

「過來，我不會再打妳了啦。」

「我要去驗傷，告死你。」

「好啦好啦。」阿剛哄著，捉住我的手說：「我們重新再來過，好嗎？」

「不要！」

「不要這樣說咩，我都帶我媽來見妳了，妳以為我這麼做是為什麼？」

「為什麼？」

「啊，那不重要啦。」

我望向阿剛的眼睛，他的眼就像是夜裡四處巡視的狼一般，閃耀著光芒。

「比起我們各自生活，住在一起一定比較好！」

「誰知道。」

「而且妳又多一個喜歡妳作品的粉絲。」

「是這樣沒錯。」

「那就不要再囉嗦了，就這樣吧？」

「阿剛，跟女生求愛時，可以不要這麼粗暴嗎？」我因為臉上有傷，一笑就痛，但我知道，我應該會與阿剛再一次從頭來過吧。

後記

這本《讓愛靠過來》是在《週刊大眾》上連載的作品，那時正是小說雜誌流行、不斷有新刊創立的時代。在這波熱潮之中，我想寫篇與眾不同、新型態的戀愛小說，雖然離不開Boy meets Girl這樣的形式，但想讓他們在對話之中，好像有什麼開始發生了，「那個人，跟別人不太一樣」、「跟他一起，好像還滿有趣的」男生女生相互發現對方惹人喜歡、吸引人的魅力，這些在對話中不經意地流出，讓人一頁接一頁地看過去，卻又覺得捨不得看完，我認為這才是真正的戀愛小說。

女主角「乃里子」的名字並不常見，有種特別的氣質，又讓人琅琅上口。她雖然只是一個平凡的女生，但想法跟一般人有點不太一樣，有與眾不同的可愛，以及獨特的成長歷程，這些都是我為她取的名字裡想要透露的訊息。

戰後，大家仍殘留著過去對於所謂「好女孩」的刻板印象，促使我想生動描寫一個有趣的、有自己的想法與感覺的女孩，因而創作了這部作品，沒想到至今仍有這麼多人繼續讀著，我感到三生有幸，謝謝各位。

二〇一〇年八月十五日

田邊聖子

讓愛靠過來(言い寄る)

作者 田邊聖子
譯者 王淑儀
責任編輯 戴偉傑
美術設計 蔡南昇 周世旻
書衣裡插畫 chocolate

發行人 林依俐
總經理 戴偉傑
出版顧問 陳蕙慧

出版 / 青空文化有限公司
台北市106大安區仁愛路四段107號7樓
電話:02-5579-2899
service@sky-highpress.com
總經銷 / 大和圖書有限公司
電話:02-8990-2588
印刷 / 前進彩藝有限公司
2014(民103)年12月初版一刷
定價 280元
ISBN 978-986-91288-0-3

國家圖書館出版品預行編目(CIP)資料

讓愛靠過來 / 田邊聖子著. -- 臺北市:青空文化,
2014.12
面; 公分. --(文藝系;1)
譯自:言い寄る
ISBN 978-986-91288-0-3(平裝)
861.57 103023158

讀者回函卡

1.您是從哪兒得知《讓愛靠過來》的？

□書店　□網站　□Facebook粉絲頁　□親友推薦　□其他

2.請問您購買《讓愛靠過來》是為了？

□自己讀 □與伴侶分享 □與家人分享 □送給朋友 □其他

3.《讓愛靠過來》吸引您購買的原因？

□品牌知名度 □封面設計 □對故事內容感到興趣 □與工作相關
□親朋好友推薦 □贈品 □其他

4您是從何處購買／取得《讓愛靠過來》？

□博客來網路書店　□讀冊生活TAAZE　□誠品書店　□金石堂書店
□一般書店 □網路書店 □親友贈送 □其他

5讀完這期之後您會繼續購買乃里子系列續集嗎？原因又是如何？

□會，
□不會，

8讀完《讓愛靠過來》，您對本書或青空文化有什麼感想、建言或期許？

基本資料

姓名
性別：□男□女 婚姻：□已婚 □未婚
生日：西元　　年　月　日
行動電話：
E-mail：
通訊地址教育程度：□高中職（含）以下　□專科　□大學　□碩士　□博士（含）以上
職業：□資訊業 □金融業 □服務業 □製造業 □貿易業 □自由業 □大眾傳播 □軍公教 □農漁牧業 □學生 □其他
每月實際購書（含書報雜誌）花費：
□300元以下 □300~500元（含） □501~1000（含） □1001~1500（含）
□1501以上~

廣	告	回	信
臺灣北區郵政管理局登記證			
第 0	4	8	9 號

平　　信

10689

北市大安區仁愛路四段107號7樓

青空文化 收

2015年2月底前寄回《讓愛靠過來》書末回函，將有機會抽中蕾黛絲「靠過來」內衣，幫妳讓愛靠過來！

【活動辦法】

至各大書店購買青空文化的《讓愛靠過來》填寫卷末讀者回函，於2015年2月28日前寄回（以郵戳為憑），即可參加抽獎。並於2015年3月10日於青空文化臉書專頁公布得獎名單。

【活動贈品】

蕾黛絲「靠過來」內衣2000元商品券乙張（共二十個名額）

蕾黛絲以卓越工法，打造獨家經典好評版型，給妳穩定安全感，讓美麗向妳更靠近！

（兌換款式限靠過來系列商品，以現場實品為主）

【活動注意事項】

一、得獎名單公布之後，將於2015年3月31日前以掛號寄出獎項紙本兌換券，請於兌換券所示期間內至指定專櫃兌換，逾期或提供錯誤資訊將視同放棄得獎獎項！

二、本活動獎項寄送地區僅限台、澎、金、馬地區。若因通訊資料有誤，或其他相關因素，以致兌換券無法寄至得獎者手中，將視同放棄得獎資格。

三、本活動有不可抗力原因無法執行時，主辦單位有權決定取消、中止、修改或暫停本活動。